JN317455

はぐれ同心 闇裁き2

喜安幸夫

時代小説

二見時代小説文庫

目次

隠れ刃《やいば》——はぐれ同心 闇裁き 2

一　闇の仇討ち

一

「まだ新参者というに、いったいどんな手を使っておる」

「あの者なら肯《うなず》けぬこともないが。それにしても……」

北町奉行所の同心溜りで、けっこう噂《うわさ》になっている。隠密同心でさえ、探索に入れば無事には出て来られないという寺社門前の町に、鬼頭龍之助《きとうたつのすけ》は悠然と雪駄《せった》の音を立て、岡っ引を道案内に町廻りをやっているのだ。

「——手を入れるなど、蜂の巣をつつくようなもの」

「——門前のことは、門前の者に任せておくのが一番さ」

そうした町を定町廻りに受け持たされた同心は、誰もがそう言う。

その一つである芝神明宮《しばしんめいぐう》の通りから、

（どう決着をつければいいのか）

龍之助は胸中の整理がつかないまま、東海道筋に出てきた。

「それじゃ旦那、あっしはここで。きょうじゅうに仕上げなきゃならねえ仕事が残っておりやすので」

岡っ引の佐源太《さげんた》は、なかばふてくされたようにきびすを返し、神明町の通りへ引き返した。天明《てんめい》六年（一七八六）葉月《はづき》（八月）のなかば近くで、昼間の風にも秋を感じる日の夕刻である。左源太は岡っ引といっても、この日も腹当《はらあて》に腰切半纏《こしきりばんてん》を三尺帯で決めた、見るからに職人姿だった。

生まれを隠して町家に育てられた龍之助は、縁あって八丁堀の組屋敷に入ると、浜松町から芝界隈の東海道筋で無頼を張っていたころ仲間だった左源太を岡っ引に仕立てた。神明町の路地に手ごろな長屋を見つけ、表向きの仕事として神明宮の縁起物になっている千木筥《ちぎばこ》の薄板削りの仕事を用意したのも龍之助である。

「左源太」

龍之助はふり返り、呼びとめようとしたが飲み込んだ。きょうは単独の微行《びこう》ではなく、配下をともなっての定町廻りで、挟箱《はさみばこ》を担いだ老下僕の茂市《もいち》に、奉行所からは

六尺棒を携《たずさ》えた捕方《とりかた》二人が随行している。茂市はともかく奉行所の捕方には、

(聞かれてはまずい)

　ことを脳裡にめぐらしていたのだ。

反発するような左源太の半纏の肩が、まだ声をかければ聞こえる距離にある。

(おっ)

その視界に、お甲《こう》の姿が見えた。

(俺になにか言いたいような)

そんな足取りで、参詣人やそぞろ歩きの往来人のあいだを急ぎ縫うように近づいてくる。

「おい、おまえたち。きょうはこれでいい。俺はもうすこし街道を微行してから奉行所へ戻るゆえ」

「へい、かしこまりました」

六尺棒を持った捕方二人は任を解かれ、会釈してその場を離れた。茂市も、

「お早いお帰りを」

　挟箱を担ぎ捕方二人のあとを追った。

　お甲が左源太とすれ違うとき、

（いいよ。あたしに任せておきな）

互いに頷き合ったのを、龍之助は見逃していなかった。だからいっそう、龍之助は脳裡を混乱させねばならなかった。そのような龍之助の姿を、奉行所の同僚が見たなら、

（火中の栗を拾うようなものだったことに、ようやく気がついたか）

思うことであろう。だが一方、さきほど神明町の割烹《かっぽう》で中食《ちゅうじき》を済ませた龍之助を目撃していたなら、

（いったい、どうなっているのだ！）

と、目を丸めていたであろう。その割烹は、神明町一帯の治安を仕切っている大松《だいまつ》一家の息がかかった紅亭《べにてい》なのだ。同心が町廻りに出たとき、休息や中食などはすべて町の接待となり、土地の料理屋から奉行所の小者を引き連れた同心が出てきても珍しくはない。

だが、場所は奉行所の者が入ることさえ困難な寺社門前の町である。しかも、神明宮を支えていることを示す〝氏子中〟の幟《のぼり》を立てた割烹から悠然と出てきて、さらに玄関口で腰を折って見送っていたのが、大松一家を束ねる弥五郎《やごろう》と代貸《だいがし》の伊三次《いさんじ》だった。以前なら、神明町に十手《じって》が入ろうものなら、たちまち大松一家が反応して一騒動

起きていただろう。

秋の風が、街道に軽く土ぼこりを舞い上げた。近づいてきたお甲が、すこし乱れた着物の裾《すそ》を手で押さえ、

「旦那。冷たいじゃありませんか、左源の兄《あに》さんへ」

「ふむ」

龍之助は立ちどまったまま、頷《うなず》きを返した。

「ふふふ、旦那。分かってらっしゃるようですねえ」

「うむ」

お甲の言葉に、龍之助はまた頷いた。

分かっていた。だからきょう、神明町で見廻りの案内に立つ左源太に、

「――なあ、左源太。おめえ……」

何度も喉《のど》まで出かかったのだ。だが、出せなかった。左源太にしても、たとえかつては〝兄イ〟と称《よ》んだ無頼仲間であっても、こればかりは龍之助に正面切って頼むことはできない。いま〝龍兄イ〟は、奉行所の同心なのだ。

街道はこの時刻、大八車も荷馬も陽の落ちる前にと帰りを急ぎ、往来人も足早になって全体が慌《あわただ》しく動いている。一日の終わりを告げようとする、街道に毎日見られ

る光景である。

「ねえ、旦那。立ち話じゃなんですから、そこで」

お甲が軽く手で示したのは、街道から神明町の通りへ入る角に暖簾《のれん》を張る茶店の紅亭だった。石段下の割烹とおなじ屋号だが、こちらには〝茶店本舗 紅亭 氏子中〟と大書した幟が立っている。もともと紅亭は街道筋で神明宮の参詣客の休み処として商《あきな》っていたのが、けっこう繁盛して石段下にも割烹の暖簾を出し、いまではどちらも他所にまで聞こえる店となっている。とくに遠方からの参詣客にとって、街道筋の茶店本舗の幟は、神明宮入り口の目印になっている。

「ふむ」

龍之助はふたたび頷いた。

茶店の紅亭では、龍之助やお甲が来たなら、お茶一杯でもおもての入れ込みではなく、奥の座敷に通している。お甲は若いながらも壺振りにはいかさまではない正真正銘の技《わざ》を見せ、しかも美形であれば大松の弥五郎が放っておくはずがない。

「――この神明町に塒《ねぐら》を頼むぞ。左源太がおもての岡っ引なら、お甲は俺の秘蔵っ子の女岡っ引と思ってくれ」

龍之助が弥五郎に依頼したとき、弥五郎は二つ返事で引き受け、割烹紅亭の奥に一て腕を振るい、大松一家にもきわめて重宝《ちょうほう》な存在となっている。
部屋を用意した。座敷に仲居として出ることもあれば、神明町の賭場《とば》に女壺振りとし
「ねえ、龍之助さま」
と、お甲はおもてでは〝旦那〟と呼んでいたのが、二人になれば〝龍之助さま〟に
変わる。しかもいくぶん甘えた鼻声になるのは、これまで浮き草のごとく変遷を経て
きた生《お》い立ちが、龍之助と出会ったことによってようやく安らぎを得た思いになって
いるためかもしれない。
奥の部屋に通されるなり、要件を切り出そうとするお甲に、
「分かっておる」
龍之助は返した。
茶汲み女が膳を運んできた。それが退散するのを待つように、お甲は身を前にかた
むけた。たとえ大松の息のかかった店とはいえ、他人に聞かれてはならないことを、
お甲も龍之助も心得ている。左源太も、大松の弥五郎に話してはいないだろう。なに
しろ、歴とした大名家の家臣を二人、葬《ほうむ》ろうというのである。
「龍之助さまが助《す》けてくださらなくても、あたし、左源の兄さんに手を貸しますよ。
見過ごせますか。闇討ちなら、二人でもやってやれないことはございませんよ」

言うと、お甲は龍之助の返事を待つように、上体をもとに戻した。櫺子窓《れんじまど》から、まだ外からの明かりが入っている。

「――忘れられねえ顔を」

左源太が見つけたのは、街道で群衆を焚《た》きつけて騒動を起こそうと企《たくら》んでいた一群を、龍之助の差配で大松一家の合力《ごうりき》を得て防いだときだった。騒動を差配していた男を尾行し、白河藩《しらかわはん》十万石の武士であることを突きとめたのはお甲である。

龍之助は腕組みをしたまま、まだ考え込み、お甲の誘い水に乗る気配を見せない。

お甲はしびれを切らし、また口を開いた。

「――あたしが生まれたときねえ、間引かれそうになったのを泣き叫んでとめてくれたのが、左源の兄さんでしたよ」

以前、龍之助はお甲から聞かされたことがある。それをお甲はふたたび話し、

「その兄さんのおっ母さんが、小仏峠《こぼとけとうげ》であんな殺され方をして、村を出てしまった。あたしも口減らしのため、以前にも話したでござんしょう。十二のときに、親から小仏宿《しゅく》で旅の一座に売られ、山間《やまあい》の村を離れてお江戸の賭場で左源の兄さんとばったりさあ」

それは左源太からも聞いた。とくに甲州街道の小仏峠の一件は、

「——おっ母アは、街道で旅の侍二人に難癖をつけられ、斬り殺されやした。あっしの、目の前で……」

話したものである。〝目の前で〟と言いながら、左源太はそのときのようすは語らなかった。だが、お甲は幼いながらも村で聞いたのか、

「——あたしなら、あのような殺されかた、化《ば》けて出てやる」

言っていた。

龍之助は左源太に、江戸へ出てきて無頼の日々を送っているのは、敵《かたき》を討つためか……と、質《ただ》したことがある。だが、江戸は広い。そのときの侍が江戸の者とも限らない。

「——いまはもう、生きるのが……」

左源太は言い、

「——だっちもねーっ」

いつもの口癖を舌頭に乗せたものである。

それがいまでは、だっちもねー（どうしようもない）ことではなくなったのだ。侍二人は江戸にいた。

「ねえ、龍之助さまア」

ふたたびお甲はうながすように、

「刺し違える気になっておりますよ。左源の兄さんを、死なせるつもりですか」

言った口調は、まだ決断しない龍之助を詰《なじ》るようであった。

「お甲……」

「あい」

お甲は龍之助を見つめた。

「俺がここ数日、おめえにも左源太にも会うのを避けていたのは、左源太への助っ人を躊躇《ちゆうちよ》しているとでも思ってたのかい」

「えっ。それじゃ助《す》けてくださるんですか！」

お甲の目は輝き、部屋の空気は変わった。

「さっそく左源の兄さんへ！　いえ、ここへ連れて来ましょうか」

お甲が湯飲みに手もつけず立ち上がろうとするのへ、

「慌てるな。きょうあすの問題じゃあるめえ」

「だって早いほうが」

「だからおめえらに任せておけねえんだ」

龍之助はお甲に、座りなおせと手で示した。

「でもお、左源の兄さんここんとこ、そのことばかりで。きのうも一人で、あの屋敷の近くへ」

「なんだって！」

座りなおしたお甲を龍之助はにらみ、

「左源太に言っておけ。策もなくちょろちょろ動くなと！」

強い口調だった。そのままつづけた。

「分かったのは白河藩松平《まつだいら》家の藩士だということだけだろ」

「あい」

「名も身分も分からず、日常の動きも分からんでは、策の立てようもなかろう。いまこっちにとって有利なのは、左源太の存在をその者に知られていないということだけだ。その優位をみずから無くすようなことはするなとなあ。じっくりと外濠《そとぼり》から埋めていくのだ。気づかれぬように……な」

龍之助は一息入れ、膳の湯飲みに手を伸ばした。

お甲もそれにつづき、

「ならば、龍之助さまはずっと前からそのことを？」

「あゝ。左源太がそやつを見つけ、おめえが松平の屋敷を突きとめたときからなあ」

「龍之助さまア」

お甲はさらに身を前に乗り出した。それに向かって龍之助は腰を上げながら、

「左源太と大松の弥五郎に言っておけ。あしたの午《ひる》ごろだ。割烹の紅亭でナ」

「あした、ですネ」

お甲も弾《はず》むように腰を上げた。

「おいおい、お甲」

弾みついでか、腕にからまろうとしたお甲を龍之助は振り払った。三十路《みそじ》を三年過ぎた身で、龍之助は八丁堀の同心組屋敷にまだ独《ひと》り住まいである。

「あ、あい」

慌てるように一歩あとずさったお甲へ、

「ともかくだ。これには相応の時間と周到な策が必要だ」

龍之助はその場を繕《つくろ》った。

櫺子窓から入る明かりが弱くなった。太陽が落ちたようだ。

「とうとう口にしてしまったか」

呟《つぶや》いた。腕組みをして、龍之助は街道を歩いている。ふところの十手が、胸を押さ

えつけているのを感じる。

（こんなものを背負っていなければ……）

お甲が武士を松平屋敷まで尾行して行ったとき、龍之助は思ったものである。もしかつての無頼の身であったなら、その日のうちに左源太の敵《かたき》の一人を討ち果たしていただろう。

薄暗くなりかけた街道には、もう大八車も荷馬も見かけない。慌しく感じるのは、往来人がいずれも家路を急いでいるからだ。

東海道筋の浜松町での米騒動は、大松一家の援《たす》けもあって事前に防いだ。だが、本郷弓町と日本橋浜町では起こった。その地はともに九州豊後《ぶんご》の相良藩田沼《さがらはんたぬま》家五万七千石の上屋敷と中屋敷がある町だ。お甲の尾行した武士が入って行った屋敷が、龍之助には引っかかっていた。陸奥《むっ》白河藩十万石の松平家の上屋敷だ。ならば、本郷弓町と日本橋浜町で町衆や土地の無頼を騒動へ焚きつけたのは、

（白河藩松平家……）

間違いはない。北町奉行の曲淵甲斐守《まがりぶちかいのかみ》は感づいていても、眼前の柳営《りゅうえい》（幕府）の動きに注目し、おもてにしないだけのことである。

（まずいぞ。左源太の敵とはいえ、いまこのとき松平の家臣に手をつけるのは）

その思いが、龍之助を躊躇《ちゅうちょ》させていたのだ。

相良藩主にしていま柳営で権勢を振るう老中・田沼意次《おきつぐ》を、引きずり下ろそうと狙っている急先鋒が白河藩主の松平定信《さだのぶ》であることを、柳営で知らぬ者はいない。当然、町奉行所にもそれは伝わってくる。江戸市中に散発的に起こった米騒動は、

「松平家の、田沼さまへの挑発」

分かっていても、敢《あ》えて誰も口にしない。

往来人の急ぐなかに、龍之助の足も速くなった。

(蠣殻町《かきがらちょう》へ)

向かったのだ。といっても、神明町からでは組屋敷のある八丁堀とおなじ方向である。仇討ちであれば、当然命はとる。家臣が一人、殺されるのである。あるいは、もう一人が分かれれば二人となる。間違えば、柳営内の闘争に不測の事態を、

(もたらすことになるかもしれぬ)

龍之助はお甲に〝躊躇などしていない〟と言ったが、嘘である。だが、

「——あした、紅亭で」

言ってしまった。

蠣殻町には、相良藩田沼家の下屋敷がある。龍之助の名は、田沼意次の幼名である

〝龍助《たつすけ》〟から付けられたものであることを、龍之助は誰にも話していない。奉行所の者はもとより、左源太もお甲も、もちろん大松の弥五郎たちも知らない。

速められた龍之助の足が、ふたたびゆっくりとした歩調に戻った。

（やはり、話さぬほうがよい。話せばかえって田沼家に）

迷惑がかかる。その思いは同時に、龍之助の覚悟を示すものでもあった。

「仇討ちは秘かに……」

黄昏《たそがれ》の街道に、龍之助は呟いた。

二

「旦那さま。きょう弁当は」

「持って来なくてよいぞ。神明町あたりで済ませるから」

いつものように挟箱を担ぎ、奉行所までお供についてきた茂市が言ったのへ、龍之助は振り返って応えた。

「微行《びこう》でございますか」

「あゝ。帰りはきのうと違って、一度ここへ戻ってくるから」

「へえ。ならばお迎えに」

返事をすると、茂市はきびすを返した。きのう龍之助は神明町から直接八丁堀の組屋敷に戻ったが、きょうは奉行所にいったん帰るという。見送りも迎えも、与力だと馬の口取りに槍持、挟箱担ぎの中間《ちゅうげん》がそろうことになるが、同心だと組屋敷の下男一人である。茂市だけとはいえ、そうした出仕も龍之助は煩《わずら》わしく感じているが、奉行所の同心である以上、容《かたち》に従わざるを得ない。

きょうは日の出前に起き、出仕もいつになく早かった。同心溜りの部屋にはまだ誰も来ていなかった。

「よしっ」

龍之助は勢いよく腰を下ろした。

「鬼頭さま。きょうはお早いお出ましで、張り切っておいでのようで」

小者が茶を運んできた。

「ほう。そう見えるか」

「見えますとも。なにやら全身に力の籠《こも》っているのが」

「さようか。俺だけではあるまい。ちかごろ奉行所全体がそうだからのう」

龍之助は一人で力《りき》んでいるのを悟られぬように返した。

「ごもっともで」

小者は言いながら下がった。

きょう午前中は奉行所内に陣取り、聞き耳を立てる算段でいる。実際に奉行所には異様な緊張がながれているのだ。これまでも幾度か不意の市中一斉見廻りがあり、奉行の曲淵甲斐守が慌てて登城したこともあった。

慥《しか》とは分からないが、

――上様、ご不例
ささやかれている。第十代家治《いえはる》将軍が病に臥《ふ》したというのだ。奉行所が市中一斉見廻りをしたのは、

――異変
つまり、将軍の逝去《せいきょ》か、あるいは再起不能の噂が柳営にながれたときだった。側用人で老中でもある田沼意次の権勢は、家治将軍あってのものである。ならばこの時期に〝成り上がり者〟の意次の足をすくおうと蠢動《しゅんどう》する者が出るのも頷ける。松平定信がその先鋒に立っていることも、すでに知られている。定信は御三卿の出という徳川の名門ながら、紀州家足軽からの〝成り上がり者〟である田沼意次から長く排斥《はいせき》されていたのだ。

（一波乱ありそうな）

ことは、奉行所でも感じられる。

同僚の同心たちがつぎつぎと出仕してくる。互いに雑談を交わしながら、単独で微行に出る者、小者に用意をさせ定町廻りに出る者、事務処理にまわる者さまざまで、そのなかに〝上様〟に関する話題は出なかった。口にするのも畏《おそ》れ多く、それに奉行の曲淵甲斐守からまだなんの下知《げじ》もないからだ。きょうも、奉行が不意に慌しく動く気配はなかった。だが、目に見えぬ雰囲気はある。

事務処理に御留書《おとどめがき》をくりながら、

（やはり、この時期に幸橋《さいわいばし》御門の内側に手を出すのは……）

躊躇の念があるのではない。それはきのう、お甲の前で払拭《ふっしょく》している。

（きわめて微細な策が……）

脳裡にめぐらしているのだ。

幸橋御門は東海道の新橋から近い。そこを入れば、長い白壁の二つめの屋敷が白河藩松平家の上屋敷である。

新橋の下には江戸城外濠《そとぼり》からの堀割《ほりわり》が江戸湾に向かって流れている。その新橋を上流の幸橋のほうへ視線をながしながら渡ったのは、ちょうど午時分《ひる》だった。夏場のことで塗笠をかぶり、粋な小銀杏《こいちょう》の髷《まげ》は見えないが、黒っぽい着流しに黒の羽織をつけ二本差しとあっては、すぐ八丁堀と分かる。雪駄《せった》に音を立てながら急いだ。

茶屋の紅亭を曲がって神明町の通りに入ると、汗臭い大八車や荷馬はなく、そこは神明宮への参詣客に両脇は物売りの屋台がならび、門前町の雰囲気となる。

「旦那。お急ぎのようで」

「お世話になっております」

常店《じょうみせ》からも屋台からも声がかかる。

「おう」

そのたびに龍之助は返事を返し、正面の鳥居に向かって進む。鳥居の向こうには神明宮の石段が見え、下駄《げた》の参詣客などは用心深く上り下りしている。割烹の紅亭は石段の下で、参詣客の最も目につく場所にある。

仲居に案内された奥の部屋には、すでに大松の弥五郎に代貸の伊三次、左源太におな甲が待っていた。それにもう一人、この顔触れにはそぐわない、いかにもやり手の商人といった雰囲気の、面長《おもなが》に金壺眼《かなつぼまなこ》の四十がらみの男が、龍之助が部屋に入るなり居住まいを正した。

「へへ。龍《たつ》の兄イ、じゃねえ。旦那、待ってやしたぜ」

口火を切ったのは左源太だった。きのうの反発するような表情とは打って変わり、富クジでも当てたような顔になっている。それに、着物の腕をまくっていた。左源太が人前で腕まくりをするのは、気心の知れた相手に限られている。その左腕には、幅三分《ぶ》（一糎《センチ》弱）ほどの黒い二筋の線が輪のように入っている。一度島流しになったことを示す入墨《いれずみ》である。大松の弥五郎や伊三次ならともかく、金壺眼の男にも、左源太はそれを隠していない。

（この者は？）

龍之助は問うような表情で腰を下ろした。龍之助が紅亭に陣取るとき、上座も下座もない。そのときの人数によって鼎座《ていざ》にもなれば四角の座にも円陣にもなる。そのような龍之助の気風《きっぷ》を大松の弥五郎は、さすが室井《むろい》道場の無頼上がりとことのほか気に入っている。楕円の陣に座り、ちょうど金壺眼と向かい合わせになった。

「あゝ、鬼頭の旦那。紹介させてくだせえ」

龍之助の表情に気づいたか、二つ名とは逆に小柄な大松の弥五郎が、愛嬌のある丸顔を向けた。

「宇田川町《うだがわちょう》の神明さんの氏子《うじこ》で、甲州屋《こうしゅうや》という献残屋《けんざんや》の暖簾《のれん》を張っていなさる右左《うさ》次郎《じろう》さんで。あっしとはもう古い付き合いでして」

「献残屋の甲州屋右左次郎でございます」

大松の弥五郎に紹介され、右左次郎は慇懃《いんぎん》に手を畳につき、

「よろしくお見知りおきのほどを」

辞儀をし、上げた顔に龍之助は思わず吹き出しそうになった。金壺眼で面長の右左次郎と、坊主頭で丸顔の弥五郎が対照的に見えたのだ。左源太が平然と左腕を披露している相手でもあり、龍之助は微笑みながら、

「ほう。献残屋とは珍しい。宇田川町の甲州屋とは、これまで気がつかなかったが、街道おもてではないようですな」

「はい。目立たないのが手前どもの身上でして」

右左次郎は返した。宇田川町も街道筋にあって神明町の北隣で、おもてならいつも通っている。きょうもその宇田川町を経て神明町に来たのだ。

献残屋とはおもしろいもので、古物屋《ふるものや》であって古物屋ではない。どこの大名家も参勤交代のたびに郷国の産物を将軍家に献上し、その残りを〝献残〟といって幕閣や懇意の諸大名に配る。それらを買い取って市場に乗せるのが献残屋である。扱う品には刀から美術工芸品、反物、薬草、食べ物なら熨斗鮑《のしあわび》に干魚、干貝、干烏賊《するめ》、昆布に葛《くず》

粉《こ》といった日持ちのする物が多い。当然それらは再度贈答品として市中にながれることになる。

「なるほど。それで宇田川町か」

龍之助は頷いた。東海道筋には町家が立ち並んでいるが、宇田川町あたりの西手一帯は愛宕山《あたごやま》のふもとまで大名家や高禄旗本の屋敷がならび、そのなかを走る広い通りは愛宕山下大名小路といわれている。献残屋の立地としてはきわめて至便な土地である。それに商いの特殊性から、商舗《みせ》は目立つ場所でも派手な構えでもない。脇道を入った裏手にひっそりと暖簾を出している。だが間口は広く、奥行きもあって商品を置く倉もそなえている。

「八丁堀に近い日本橋界隈にも献残屋はあるが、わが家はこれからそなたに頼みましようかな」

冗談とも本気ともつかぬ口調で龍之助は言った。

参勤交代に限らず、盆暮れの贈答の季節には町奉行所の与力や同心にも、大名家は付け届けをする。家中《かちゅう》の者が、江戸市中で問題を起こしたときの用心である。それを〝役中頼み〟といった。もちろん献残物ではなく、贈答用に用意した品だが、価値を持たせるため献残物と称し、その時期には献残屋の番頭や手代が丁稚《でっち》に大八車を牽《ひ》かせて八丁堀へ買取りに来る。与力や同心たちには、それがけっこう現金収入になる。

「はい。鬼頭さまなれば、できるだけ高値に引き取らせていただきます」

甲州屋右左次郎は金壺眼を細めた。龍之助はそれを笑顔で受け、

「それよりも弥五郎。きょうこの場に甲州屋を呼んだのは、わざわざ献残物の話をするためではあるまい」

視線を弥五郎と伊三次に向けた。

「そのことですよう、龍《たつ》、いや、旦那。きのう旦那と別れてから、すぐ左源の兄《あに》さんの長屋に走りましたサ」

お甲が割って入るように言ったのへ、

「さようでさあ。嬉しいぜ、兄イ。いや、鬼頭の旦那よう。きょうここで大松の弥五郎親分に伊三次の兄イまで一緒だって聞いたもんでやすからネ。さっそく大松一家へ顔を出し、小仏峠の一件、忘れもしねえ……話しやしたのサ」

左源太は語りながら、ゆるんでいた頬が一瞬引きつった。

龍之助がきのうお甲に〝大松の弥五郎に〟と言ったのは、白河藩の上屋敷を張って〝左源太が忘れねえ面《つら》〟を割り出すのに、大松一家の手を借りようと算段したからであった。そのためには、小仏峠の一件を弥五郎に話さねばならない。だがそれは、き

のうのうちにお甲と左源太が済ませていた。

大松の弥五郎は口を開いた。

「あっしはねえ、鬼頭の旦那。ただ力任せに与太を張ってるだけじゃありやせんぜ。血も涙もありまさあ。それを、水臭《みずくせ》えじゃありやせんか」

怒ったような口調である。横で伊三次がしきりに頷きを入れている。弥五郎はつづけた。

「許せやせんぜ、その侍《さむれえ》二人。それに左源太どん、米騒動を焚きつけようとしていた男どものなかにそやつの面《つら》を見つけたとき、よく我慢しなすった。あっしならその場で飛びかかってまさあ」

伊三次がまた頷きを入れた。

「その野郎の屋敷が白河藩の松平さまとなりゃあ話は早い。さっそくきのうのうちに伊三次を宇田川町に走らせ、きょうまた午前《ひるまえ》から、あっしらがここで面をつき合わせていたと思っておくんなせえ」

その言葉に龍之助は、弥五郎の意気を痛いほどに感じた。だが、言っている意味が分からない。その疑問を、甲州屋右左次郎がすぐに埋めた。

「鬼頭さま。わたくしは献残屋でございます。大名家なら愛宕下の大名小路だけじゃなく、幸橋御門内のお屋敷にも出入りがございます」

「そ、それでは甲州屋どの。白河藩松平家にも！」

「はい」

驚いたように言う龍之助に右左次郎は返し、言葉をつづけた。

「米騒動の件ですが、背後で糸を引いているのは松平さまではないかと、わたくしもかねがね思っておりました。きのう弥五郎親分から話を聞き、やはり間違っておりませんでした。それに鬼頭さま。奉行所のお役人にかようなことを話すのはなんですが、献残屋というものは、相手がお大名家であれお旗本であれ、内々の品を扱うのでございますから、その奥向きにもけっこう通じているものでございます」

これには龍之助は苦笑いを返した。八丁堀に大八車を牽いてくる献残屋も、組屋敷の裏事情には恐ろしいほど通じているのだ。台所のようすはむろん、出された品を見ただけでどこから持ち込まれたものか見当がつき、その流れから個々の羽振りまで掌握しているのだ。

龍之助は、大松の弥五郎がこの場に甲州屋右左次郎を呼んだ理由《わけ》を解し、

「で、いかに」

身を乗り出した。右左次郎はさらにつづけた。

「騒動焚きつけの差配を浜松町の現場で振るっていたのは、足軽組頭《あしがるくみがしら》の向山俊介《むかいやましゅんすけ》さまでございましょう。さっそくきょう午前、お屋敷に用事をつくって裏の勝手口をくぐり、探りを入れましたが、おそらく間違いありません」

「その足軽組頭か、向山俊介なる者と直接話しましたのか」

「はい」

龍之助の問いに、右左次郎は当然のように応《こた》えた。献残屋が武家屋敷へ人目を避けるように出入りするのは通常のことである。そこで家臣から、

「おい、献残屋。うちにもちょいと貰い物があってな」

と、廊下の片隅に呼ばれることもよくある。献残屋が屋敷のどこで誰と話をしようが、他の者は相身互《あいみたが》いで見て見ぬふりをする。

「きょうは、わたくしのほうから向山さまに声をかけましてネ」

甲州屋右左次郎は言う。

「昨夜、左源太さんから話を聞いたとき、まっさきに頭に浮かんだのが向山さまでございます。あのお屋敷で急な人足や中間《ちゅうげん》が必要となったとき町の口入屋《くちいれや》に話をつけ、人数をそろえていらっしゃるのが足軽組頭の向山さまでございますから。で、その人相を左源太さんに質《ただ》すと、やはり似ておりました。さらに……」

右左次郎は龍之助のほうへ膝をすり出した。大松の弥五郎や左源太はすでに聞いたのか、反応を窺《うかが》うように龍之助の顔を凝《じ》っと見つめている。

右左次郎は言う。

「向山さまは十二、三年前、確かに長旅をしたことがあると……」

「言っておったか」

「はい。藩の用命で大坂屋敷へ。大名行列で陸奥《むっ》の白河にはよく行くが、西国は初めてなので覚えている、と」

「うむ」

「行きは東海道で、帰りは中山道《なかせんどう》から甲州街道を経て江戸へ戻ってきたので、これで五街道すべてを歩いたことになると自慢しておいでございました。そのときご一緒だったのは、台所奉行の佐伯宗右衛門《さえきそうえもん》さまであったとか」

「ううううっ」

左源太が呻《うめ》いている。我慢しきれぬといったようすだ。

「左源太さん、堪《こら》えなせえ」

「そうよ。もうすこしなんだから」

いたわるように言った伊三次にお甲がつないだ。

「つづけられよ」

「はい」

　龍之助にうながされ、ふたたび右左次郎は話しだした。

「佐伯さまはよく存じております。なにしろ台所奉行というお役職には外からの貰い物が多く、熨斗鮑や葛粉など、よく引き取らせていただいておりますもので。きょうはお会いできなかったのですが」

「うーむ」

　周囲からの視線のなかに龍之助は呻《うめ》き声を上げ、

「確かだろうなあ。討ったはよいが人違いでしたじゃ済まされねえぜ」

「もちろんでございます。確かめる手筈はととのえてございます」

「そうなんでえ」

　右左次郎の言葉をすかさず左源太がつなぎ、さらに大松の弥五郎が、

「今夜でさあ。この神明町で賭場を開帳いたしやす。もちろん壺振りは」

「はい、あたし」

「そこへわたくしが足軽組頭の向山さまをお誘いすることになっております」

「そこをあっしが襖《ふすま》のすき間から面《つら》を見定めるって寸法で」

それぞれがすでに連繫している。

「左源太」

龍之助は左源太に視線を据えた。

「大丈夫か」

「鬼頭さま、ご心配なく。あっしがずっと左源太さんに付き添い、襖《ふすま》の陰で肩をつかまえておきやす」

応えたのは代貸の伊三次だった。左源太は襖のすき間からのぞき、堪えきれずに飛び出すかもしれない。

「ふむ」

龍之助は頷き、

「今宵は面を確かめるだけだぜ。この神明町で手出しは断じてならんぞ」

「分かっておりやすよ、鬼頭さま。その足軽組頭、この神明町の街道筋で騒動を起こそうと企んでやがった野郎だ。そんなのが神明町で消えたとあっちゃ……」

「白河藩松平家だけじゃねえ。相良藩田沼家とのあいだにまで……」

大松の弥五郎が言ったのへ龍之助はつなぎ、口をつぐんだ。〝龍之助〟の名の由来をこの場で知る者はいないのだ。内容がなんであれ、みずから田沼家を舌頭に乗せるのは避けなければならない。

『己《おのれ》を生きよ』

室井道場の室井玄威斎《げんいさい》の教えである。龍之助はそれを服膺《ふくよう》している。また、そうしなければならない生い立ちでもあったのだ。

「さようでございますとも」

甲州屋右左次郎が入れ、龍之助と大松の弥五郎は確認しあうように頷いた。

（いずれか他所《よそ》で、かつ隠密裡に）

それへの合意である。

「ふ、ふ、二人ですぜ、相手は！」

左源太が呻《うめ》いた。

「だからア、左源の兄さん。もう一人は佐伯宗右衛門という台所奉行さんなんでしょう。もう分かってるんだから、あとの策は龍、いえ、鬼頭の旦那にさあ」

「そ、そりゃあそうだが」

お甲が左源太をたしなめるように言ったのへ、左源太は応じた。

「大松の親分さんへ。さきほどから膳の用意がととのっておりますが」

廊下から仲居の声が聞こえた。

お茶だけだった部屋に膳が並べられ、一同は箸《はし》を動かしながら声をさらに低めた。向後《こうご》の〝策〟に入ったのだ。

座敷は一番奥で、手前の部屋に、

「――客は入れぬように」

大松の弥五郎は女将《おかみ》へ事前に話している。隣の部屋を空《から》にしておく。謀議のときの用心だ。

箸の動きに一段落がついたとき、甲州屋右左次郎が不意に言った。

「鬼頭さま、歯がゆくありませんか。わたくしら町人にとっては、悔《くや》しゅうございますよ」

「ん？　なにが」

一瞬、龍之助は意味が分からずとまどったが、

「ふむ」

すぐ肯是《こうぜ》の頷きを返した。敵討ちとは、武士にのみ許された特権なのだ。武士なら討てば天晴《あっぱ》れと称賛されるが、町人や農民なら、情状酌量の余地はあろうがそれは犯罪であり、人殺しとして裁きを受けなければならない。武家に出入りする甲州屋右左次郎は、あらゆる面でそうした理不尽を強く感じているのであろう。そこにも、左源

太の仇討ちを極秘としなければならない理由があるのだ。

　頷いた龍之助は、

「そなた、その悔しさゆえ左源太に手を貸そうというのか」

「はい。男の意地でございます。こればかりは、だっちもありませぬ」

「えっ、そなた」

　龍之助は甲州屋右左次郎に、あらためて視線を据えた。さきほどから感じてはいたが、いま左源太のいつもの口癖を、おなじ抑揚で舌頭に乗せたのだ。

「はい。わたくしも甲州者でございます。だから屋号も甲州屋としましたので。小仏峠も小仏宿《しゆく》も、よう知っておりまする」

　右左次郎は返し、

「それだけではありませぬ。わたくしは毎年、年始の挨拶に縁起かつぎで神明さんの千木筥を配っております。いまでは左源太さんの削った板で作ったものと問屋さんに注文をつけておりましてネ。左源太さんの削った薄板にはムラがないんですよ。仕事に手を抜いておりませぬ。そこが嬉しいのでございます、同郷の者として」

「ふむ。相分かった」

　龍之助は頷きを返し、

「きょうはよき談合だった。あとはくれぐれも定めた策から逸脱せぬように」

言いながら腰を上げた。

見送りに立とうとする一同に、

「きょうは微行だからな、目立つのはまずい。ここで」

手で制し、廊下に出た。

陽はまだ高い。

割烹紅亭の玄関を出て塗笠をかぶった。

「旦那ア」

お甲が走り出てきた。

「どうした」

「このまま、歩きながら聞いてくださいまし」

立ちどまった龍之助を、お甲は歩くよううながした。

「龍之助さまはさっき、甲州屋さんには助っ人の理由をお尋ねでしたが、あたしには一度も訊いたことありませんねえ」

「ほう、そうであったかなあ」

「ほうじゃありませんよ。あたしもそれを言いたくて」

ゆっくりと歩をとりながら、お甲は低声《こごえ》になった。

「左源の兄さんのためにも、そのおっ母《か》さんのためにも、ずっと前から話しておきたかったのですよ」

「どういうことだ。なにやら理由《わけ》がありそうだなあ」

龍之助は歩調をお甲に合わせている。

「小仏峠のこと、十三年前です」

「それなら、不逞《ふてい》武士どもの面が割れただけで十分ではないか。あとは聞きたくないぞ、左源太のためにも」

「だからなんです、左源の兄さんのためにも。それに、あたしは女だから。女として是非とも」

お甲の口調は、低声ながらも毅然とした響きがあった。

「ふむ。茶店の紅亭でも入るか」

「あい」

お甲は歩を進めながら頷いた。

きのうとおなじ部屋だった。お茶の盆を前に、中断した話をお甲は話しはじめた。

「龍之助さまも大松の親分たちも、左源兄さんのおっ母さんが、侍二人に凌辱《りょうじょく》されたと思っているでしょう。左源兄さんの目の前で……兄《あに》さん、そのとき十歳だったのです」

「お甲、よせ。だから俺は、そのときのようすなど聞きたくないのだ。左源太も、小仏峠で二人の侍に襲われて殺された……と、だけしか言っておらぬ。それだけでいいのだ、それだけで」

「いいえ、よくありません」

お甲は身を前に乗り出し、

「左源兄さんは侍に飛びかかって殴られ蹴られ、おっ母さんは大声を出して抗《あらが》い、最後には組み伏せられたまま侍の脇差を抜き取り、自分で喉を刺し貫いたのです」

「ううっ。さ、さような！　だが、その武士二人に殺されたことに違いはないぞ」

思わず龍之助の声は大きくなった。

「もちろんです。おっ母さんの声で村の人が駈けつけ、侍二人は大刀を振り回しながら、脇差の鞘を落としたのも気づかず逃げたそうです。左源の兄さん、いまでも脇差を一振り、大事に持っているでしょう」

「あゝ、持っている。薄板削りの職人にも俺の岡っ引稼業にも、刀などいらねえから捨てろと言ったのだが、いまだにあの長屋の部屋に持っていやがる。えっ、まさかあの脇差……」

「えゝ、そうなんですよ。村の人が駈けつけたとき、おっ母さんの喉に刀は残ったまだったそうです。おっ母さんの指を一本一本伸ばし、刀から引き剝がすのに村の人は苦労したらしいですよ」

「そうか。仇を討つときにはその脇差で……それで左源太め、大事に持っていやがったのか。あいつめ、そのようなことは何も言わず……。それに、お甲。おめえが言いたいのは……女として……」

「あい、女として……。左源兄さんのおっ母さんはネ、命を賭して守り抜いたのですヨ。だから、なおさら……その侍二人が憎くて。助っ人は、左源兄さんのためだけじゃありませんのサ。あたし、女として……」

「よい。それ以上、言わんでよい」

龍之助はお甲に目を合わせ、

「なおさらだな。……討たねば」

呟くように言い、腰を上げた。

龍之助とお甲が茶店の紅亭で話し込んでいるとき、おもての街道を伊三次が北方向へ速足《はやあし》で通り過ぎていた。深川へ向かったのだ。割烹の紅亭で話し合った〝策〟は、すでに動いている。

「さあ、さっそく今宵からおめえの出番だ。うまくやれよ」

「あい」

龍之助とお甲は街道に出た。伊三次の姿はもう見えない。

茶店の前で別れしな、

「なあ、お甲」

龍之助は振り返った。

「宇田川町の甲州屋右左次郎。弥五郎さんとは懇意なようだが、おめえ前から知っていたのかい」

「いいえ、きょうが初めてでした」

「そうか。なかなかおもしろそうな御仁《ごじん》じゃねえか」

「あい。あたしもそのように」

大八車が大きな音を立て、街道を走っていった。

「じゃあ、あしたにでもおめえか左源太かどっちでもいいや。吉報を待つぜ」

大八車が巻き上げた土ぼこりのなかに、龍之助は街道に歩を進め、お甲は神明町の通りへ足を戻した。

三

「旦那さま。この時分になって、誰かお客さまでも来なさるかね」

自分では気を静めているつもりだが、見れば分かるのか老下僕の茂市が庭から声をかけた。さきほど茂市の女房ウメが夕膳をかたづけたばかりだ。陽はすでに落ち、一帯が暮れなずんでいる時分である。

(行ってみようか)

思いもする。だが、賭場の立つ日に同心が近くを徘徊《はいかい》するなど、かえって〝策〟の進行の邪魔になる。変装しても、龍之助の面体《めんてい》は、神明町ではすでに誰もが知っている。事はあくまで通常のなかに、かつ緻密《ちみつ》に進められなければならない。今宵、最初の一歩が踏み出されたばかりなのだ。

暮れなずむなかに、神明町を出た大松一家の触れ役は、街道筋の浜松町一帯から宇田川町のほうにまで回っている。

「今宵、開かれやす。壺振りはほれ、あの名人の姐《あね》さんでさあ」

大店《おおだな》の勝手口や仕事を終えた職人たちが集まりそうな居酒屋にそっと声を入れる。

甲州屋の前は素通りした。すでに今宵の客が、そこに来ているのだ。

「そろそろ出かけましょうか、向山さま」

「ほんとうに勝てるのだな、神明町の賭場は」

白河藩足軽組頭の向山俊介である。早くも顔が上気《じょうき》している。

賭場には神明町の通りから枝道に入った、街道に近い小料理屋のもみじ屋が充《あ》てられている。おもては小振りだが奥行きがあって小部屋がそろい、襖《ふすま》を取り払えば広間にもなる。

浪人姿を扮《こしら》えた向山俊介と、甲州屋右左次郎がそこに開帳された盆茣蓙《ぼんござ》の前に座ったとき、まだ前座の若い者《の》が壺を振っていた。外はすでに暗く、部屋には百目蠟燭《ひやくめろうそく》が惜しげもなく四隅に立てられ、不気味に盆茣蓙を浮かび上がらせている。向山は甲州屋右左次郎にうながされ、一朱、二朱と小刻みに張り、一進一退のなか徐々に賽《さい》の転がりに没頭しはじめていた。

襖を隔てた隣の部屋は暗い。盆茣蓙の部屋から襖のすき間をとおし、わずかに洩れる明かりを頼りに、数人の影が動いている。

「さ、確かめなせえ」

伊三次は動作だけで左源太をうながした。伊三次はさきほど深川から戻り、盆茣蓙

の部屋とつなぎになった間に、貸元として陣取っている弥五郎に、

「――了解を得てきやした。深川の貸元もこころよく座を貸しやしょうと言ってくださいまして、つなぎ役は万造《まんぞう》さんがしてくださることに」

報告したばかりだ。

「――ほう。そうかい、そうかい」

弥五郎は丸顔に目を細めたものである。

盆茣蓙の隣の暗い部屋に入るとき、伊三次は左源太が身に寸鉄も帯びていないことをそれとなく確認している。

「むむむっ」

左源太は興奮しているのか、鼻息が荒い。

「落ち着いて、ゆっくり見なせえ」

「うむ」

左源太は襖に手をかけ、指一本にも満たないすき間をつくり、そっとのぞき見る。

正面に甲州屋右左次郎の顔が見え、その横……向山俊介である。

「ううう」

低い唸《うな》りが左源太の口から洩れた。その肩に伊三次は手を置いている。というより

も、つかまえている。

「うー」

なおも唸る左源太の肩に力がこもりはじめたのを伊三次は感じとり、

「どうだったい」

襖から剝がすように引いた。

「間違いねえ、奴だ」

頷きを伊三次に示した。甲州屋右左次郎が見込みをつけたとおり、小仏峠の一人が白河藩足軽組頭・向山俊介であることが、これではっきりした。ならば、もう一人は台所奉行の佐伯宗右衛門であることに、

(間違いはない)

伊三次は奥の部屋に左源太をいざない、

「さ、あとはお甲さんに任せなせえ」

なだめるように言った。左源太は無言であった。だがその表情から、込み上げる衝動を懸命に堪《こら》えているのが分かる。

「小仏の、いましばしの辛抱だぜ」

小仏の左源太……左源太の通り名である。故意に伊三次はその二つ名を呼び、なお

も左源太に付き添った。ここで左源太の衝動を許しては、すでに動きだした隠密にして緻密な〝策〟がふいになる。

盆茣蓙は進み、壺振りは、お甲に代わっていた。座は華《はな》やぎ、熱気もいっそう帯びはじめている。

「どちらさんもよござんすか」

お甲の声である。

「入ります」

手が盆茣蓙の上に舞い、壺の中で賽がころがる軽快な音がながれ、一同が固唾《かたず》を呑むなかに壺が伏せられる。

「丁半どっちもどっちも」

大松一家の若い者が掛け声を入れる。座にいくつもの緊張と迷いの念が走る。

「大一番、やってみなさいまし。向山さま」

「ううっ、名を呼ぶな。で、どっちだ、丁か半か」

向山俊介が隣の甲州屋右左次郎に呻き声で問う。右左次郎は真向かいに膝をそろえ座しているお甲と目を合わせ、かすかに頷くと、

——丁

向山俊介の耳にささやいた。

「うう。よしっ、張るぞ」

向山秀介は呻《うめ》き、

「ご、五両だ。五両張るぞ、甲州屋っ」

足軽一人の一年分の給金を越える額だ。心ノ臓は高鳴り、声も掠《かす》れよう。

「丁！」

周囲からどよめきが上がった。きょうの盆茣蓙で最高の額である。周囲の目が裕福そうなお店者と一緒に来ている浪人姿にそそがれ、丁半それぞれに張る声がしばらくつづき、駒札が丁半同額にそろった。

「まいります」

お甲の声が響く。百目蠟燭に浮かぶ座に、極度に張りつめた沈黙がながれる。お甲は壺を上げた。すかさずかたわらの若い者が賽の目を読む。

「四《し》・六《ろく》の丁」

座には悲鳴が上がり、歓喜に叫ぶ者もおれば、

「うううっ」

呻く者もいる。向山俊介である。一瞬にして十両もの大金が手に入ったのだ。座は

しばらくざわつき、

「どちらさんもよござんすか」

ふたたびお甲の声がながれる。

向山俊介が勝ったのはまぐれではない。お甲は指先と手首の強弱で、思ったとおりの目を出す。百発百中とまではいかないが、八割ほどまでは出せる。手先の器用さだけでできる技《わざ》ではない。賽や茣蓙になんの仕掛けもせず盆茣蓙を自在に操れるのだから、それのできる壺振りはどこの賭場からも引く手数多《あまた》となる。しかもお甲が女で若さと美形を備えているとあっては、その存在を知る貸元からは垂涎《すいぜん》の的《まと》である。そのお甲を大松の弥五郎は、龍之助のおかげで独占している。それはともかく、お甲が右左次郎に送った合図で向山俊介が丁半を張る。負けるはずがない。それもときおり負けるよう仕組むのだから、当人はおろか周囲の客も不自然さに気づくことはない。

向山俊介は興奮状態だった。深夜の帰り、

「お、おまえは福の神か！　こ、こんどはいつ誘ってくれる！」

「ははは、向山さま。そういつもツキがあるわけではありませんよ。あの壺振りの女……」

「おゝ、美形であった。名はなんと申す」

「知りませぬ。ただ、わたくしはあの女の顔色が読めるのですよ」

「ほう、そうか。ならば、あしたも読んでくれ。きょうふところに入った三十五両、すべて賭けるぞ」

「そうはまいりませぬ。あれほどの壺振りです。あすはもうおりませぬ」

「ど、どこに行けば会えるのだ」

さすがは献残屋だけあって話の持っていき方に長《た》けている。これも石段下の紅亭で話し合った〝策〟の一環である。甲州屋右左次郎は進めた。

「調べておきますよ。それよりも向山さま。わたくしはかねてより、お屋敷に集まる食品の献残物も引き取らせていただきたいと思っております。お台所奉行は確か佐伯宗右衛門さまと聞いておりますが」

「おう、佐伯どのじゃ。俺とは昵懇《じっこん》ゆえのう」

「つぎの機会に、今宵のような福を佐伯さまにもおすそ分けをと思いまして」

「おゝ、それはよい。俺から話しておこう。大喜びするぞ。で、いつになる」

「はい。近いうちに、必ず」

「おう。待っておるぞ」

ぶら提灯の揺れるなか、話は弾んだ。幸橋御門まで右左次郎は送った。深夜に耳《くぐり》門《もん》を叩き、番卒《ばんそつ》に相応の鼻薬を効かせたことであろう。内濠と違い、昼間は町人も往来勝手となる外濠では、それなりに融通は効く。

神明町ではもみじ屋の百目蠟燭もすでに消え、八丁堀の組屋敷で龍之助がふと目を覚まし、

（首尾は……）

思ったのは、甲州屋右左次郎に見送られた向山俊介が、幸橋御門の耳門に腰をかがめたころであろうか。龍之助はまた眠りに入った。それから夜明けはすぐだった。

「兄イ、じゃねえ、鬼頭の旦那ア」

陽が昇ったばかりである。広くもない庭を茂市が掃いている。左源太が冠木門《かぶきもん》へ声と同時に飛び込んだ。

その声を部屋で聞くなり龍之助は寝巻きのまま縁側に走り出た。

「おう、おまえが来たか。で……？」

左源太を迎えるようにその場へ座り込んだ。

「まあまあ、左源太さん。朝早くから額《ひたい》まで汗して」

ウメが湯呑みを盆に載せ運んできた。

「ありがてえ、ウメさん」

左源太は一飲みすると、

「やっぱり奴でした。白河藩上屋敷の向山……」

「シッ、声が高いぞ」

「へい」

左源太は縁側に腰を据えたまま、上体を龍之助のほうへかたむけ、

「川向こうの深川も万造さんが……」

と、伊三次が持ち帰った深川の首尾も話した。それに、途中に宇田川町の甲州屋にも寄り、右左次郎を叩き起こし昨夜もみじ屋を出てからのようすも仕入れていた。つぎの舞台は、大川（隅田川）向こうの深川になる。

深川に根城を置き、秘かに江戸の賭場すべてを支配下に収めようとした与力と同心がいた。田嶋重次郎《たじまじゅうじろう》と隠密同心の佐々岡佳兵太《ささおかかへいた》だった。その動きを察知した龍之助が、左源太とお甲の手を借りて粉砕したとき、神明町で合力したのが大松一家であり、深川で龍之助の手足となって動いたのが万造だった。そのときから弥五郎は龍之助に心酔し、伊三次と万造が昵懇になったのもそれからである。万造はいま深川に根を張

る貸元の代貸だが、やがて深川の富岡《とみがおか》八幡宮門前の一帯を取り仕切る男になると龍之助は看《み》ている。

「――北町奉行所の鬼頭さまのな、内密のご用命だ」

伊三次はきのう、万造に言ったのだ。しかも内容が、武士二人に町人が仇討ちを仕掛ける用意とあっては、万造は即座に、

「――ようがす」

応じたという。しかも女壺振りのお甲が深川の賭場に出るという付録がつけば、

「――そいつぁ神明町の兄弟《きようでえ》、あっしも鼻が高《たこ》うござんすぜ」

と、大喜びだったらしい。

左源太は残りのお茶をぐいと干し、

「小仏宿に近い村で毎日腹すかせてピーピー泣いてた小娘がよう。大《てえ》したもんになりやがったぜ」

音を立てて湯呑みを盆に戻した。

「それはともかくだ、左源太よ」

龍之助は真顔で、

「きのうも紅亭で言ったとおり、つぎの舞台まで、自然体をつくって奴らに気取《けど》られ

ぬためにも、幾日か間を置かねばならねえ。そのあいだおめえ神明町で……」

「分かってまさあ。おとなしく……でござんしょ。だけど兄イ。俺ア……」

左源太も真顔になった。

「旦那さま。左源太さんの朝餉《あさげ》はどうします？」

皺枯《しわが》れたウメの声が屋内から飛んできた。

「おう、頼むぞ。朝っぱらから走ってきたのだ。量も多めになあ」

龍之助は部屋のほうへ返した。


奉行所内は平穏だった。柳営が慌しいとの噂も伝わってこなければ、奉行の曲淵甲斐守が不時の登城をするといったこともなく、持ち込まれる公事《くじ》（訴訟）も町々の自身番で扱ってもよいような日常の揉め事の域を出なかった。それが龍之助にはかえって不気味に感じられる。柳営の奥で、何かが伏せられているのだ。

（そのための静けさ）

である。微行に出ると、ふと雪駄が蠣殻町のほうへ向く。

（いまはよそう）

足をとめる。田沼意次を最も嫌悪する松平定信の家臣を二人、あの世へ送ろうとしているのだ。そのようなとき、奉行所の同心が田沼家の勝手口に出入りしているのを他人《ひと》に見られたなら、どこで何がどう結びつけられ、いかようにも流布されるか知れたものではない。雪駄の先を、町家のほうへ向けなおした。脳裡にながれるのはやはり、

（左源太はおとなしく、千木筥の薄板削りに専念しているだろうか）

関わる者すべての日常が、自然体でなければならないのだ。

お甲と伊三次が心配し、ときおり長屋をのぞいていた。それだけでも左源太は目立つ。長屋の住人は、占いの男に付け木売りと糸組師の女、際物師に古物買いの男たちと、

「――まるで男も女もお江戸の吹き溜まりみてえなところで」

引っ越した当初、左源太は言っていた。そこへ腕に入墨刑のある若いのが八丁堀に連れられて来たのだから、まわりは注目する。さらに大松一家の貸元や、仲居《なかい》姿だが妖艶な若い女が訪ねて来れば、

「あんたいったい、顔が広いというか、奥が分からないというか、変わった職人さんだねえ」

と、首をかしげる。さらにまた小銀杏の髷に黒っぽい羽織の八丁堀が顔を出せば、

「ねえねえ、なにかあったの？」

と、住人たちは左源太の部屋に集まってくるだろう。龍之助は街道を通っても、神明町の通りへも入らず、茶店の紅亭の前を素通りしていた。

四

「旦那さま。岡っ引の左源太さんが組屋敷に来ておりますが」

茂市が呉服橋御門内の北町奉行所へ知らせに来たのは、左源太が前夜の賭場の首尾を早朝に知らせにきてから数日を経た午過《ひるす》ぎだった。龍之助はすぐ〝微行に〟と口実を設け帰ろうとしたが、

「正門脇の詰所に呼べ」

茂市に命じた。岡っ引が緊急の用事で自分に手札をくれている同心を訪ねるとき、門番に呼び出しを頼み、門番詰所の隣にある同心詰所で待つのが通常である。それを左源太がわざわざ八丁堀の組屋敷のほうに走ったということは、

（仇討ちの件）

とっさに判断したからである。この件は、

（あくまで日常のとおりに）

見せかけねばならないのだ。

呉服橋御門と八丁堀は、日本橋南詰の伝馬町を走る東海道をはさんでそう遠くはない。龍之助はいったん奉行所母屋の同心溜りに戻り、御留書などの書類を開いた。脳裡は、

（深川での算段がついたか……ならばいつ、どのように）

めぐっている。

門番が知らせに来た。

「ほう、誰かのう」

ゆっくりと腰を上げ、廊下に出るとすり足に急ぎ、

「おう、どのように進んでおる」

「兄イ、いや、旦那！　いいんですかい、ここで」

腹当に腰切半纏を三尺帯で締めた職人姿で来ている。同心詰所に待っているのが、左源太だけだったのはさいわいだった。それでも部屋の隅に寄り、声を潜めた。

「組屋敷に走って戻れば大げさに見える。いいんだ、ここのほうが」

「へえ」

左源太は納得したように頷き、

「きょう、きょうですぜ。さっき深川の万造さんが神明町に来やして、用意万端と」

「で、松平屋敷は？」

「伊三次さんが甲州屋に知らせ、その場で右左次郎旦那が幸橋御門へ。これからいったんあっしは神明町に帰《けえ》りやして、甲州屋の首尾を聞いてから、また八丁堀のほうへ出直しやす。それに……」

「それに、なんだ」

「へえ。伊三次さんが、どうしても合力《ごうりき》させてくれと……。弥五郎親分も是非にと、あっしから兄イ、じゃねえ、鬼頭の旦那に頼んでくれ、と」

割烹の紅亭で〝策〟を話し合ったとき、現場の段取りは深川の万造に依頼しても、

「――左源太の仇討ちだ。助っ人は俺とお甲だけで、手出しは無用だぜ」

龍之助は厳命するように言ったのだ。大松の弥五郎も伊三次も、与力の田嶋重次郎を葬ったときの、龍之助の太刀さばきとお甲の身のこなし、左源太の分銅縄《ふんどうなわ》の技《わざ》、それに三人のピタリと息の合った冴えを是非とも、

「――いま一度、拝ませてもらいてえので」

だった。

「うーむ。深川も賭場が舞台になるなら、伊三次がいたほうがいいかもしれねえ」

「じゃあ、兄イ、じゃねえ、旦那。よござんすね、伊三次さんが一緒でも」

顔が引きつるほど緊張していた左源太の頬がゆるんだ。


その日の退出はいつもの夕刻近く、茂市が顔なじみの下男仲間たちと一緒にそれぞれのあるじを迎えに呉服橋御門内まで来てからであった。

「きょうも無事、一日が終わりましたなあ」

「さよう、さよう。柳営もこうあっていただければのう」

帰る方向もみな一緒である。龍之助も、

「それにしても一段と涼しくなり、朝夕などはもう寒いくらいで」

と、そのなかに雪駄の歩をとった。

が、組屋敷の冠木門をくぐると一変した。

「旦那さま。左源太さんが部屋で待ってますよ」

ウメが玄関で言う。

「ほう。来たか」

龍之助は腰からはずした刀をウメに預けず、自分で持ったまま廊下を急ぎ、

「あの二人、幸橋御門を出たか」

左源太は弾《はじ》けるように、持ってきた風呂敷包みをつかんで立ち上がり、

「へいっ。右左次郎旦那が御門前まで迎えに。もう大川を渡っていやしょう」

「よしっ。で、伊三次は？」

「遊び人が八丁堀の組屋敷へは畏れ多いから、と。街道で待っておりやす」

「ふふ。あいつらしいなあ。一緒に来ればいいのに」

応じながら龍之助は大小をまた腰に差し、

「行くぞ」

言ったときはもう廊下に出ていた。左源太は昼間とおなじ職人姿である。

「あれあれ、旦那さま。夕餉はどうなされます？　左源太さんの膳も」

「深夜になるゆえ、夜食の用意をしていてくれ。四人分だ」

ウメが言うのへ龍之助は応《こた》えた。

「えっ、四人？　一人は左源太さんで、あと二人どなたさまで？」

「来れば分かる」

龍之助はもう玄関の式台に立っていた。あとにつづいた左源太には、〝あと二人〟がお甲と伊三次であることはすぐに分かった。

「兄イ」

「ふふふ。夜中に神明町まではちと遠いし、木戸も閉まっていように」

言いながら式台にしゃがみ込んだ。

「あ、旦那さま。雪駄ならわしが」

三和土《たたき》に立っていた茂市に、

「いや。草鞋《わらじ》だ」

龍之助は自分で草鞋の紐《ひも》をきつく結んだ。羽織はつけず、小銀杏の髷は塗笠《ぬりがさ》で隠した。着流しに刀も落とし差しなら、単なるそぞろ歩きの侍にしか見えない。十手はふところに忍ばせた。帰り、これがあればどこの木戸も、閉まっていても開けさせることができる。左源太は足首まで覆って紐できつく締める甲懸《こうがけ》をはいてきていた。大工や左官、鳶《とび》がはく土足用の足袋《たび》である。

「耳門《くぐりもん》の小桟《こざる》は、かけずにそのままにしておけ」

見送る茂市に龍之助は言った。

「へへ、冠木門ごと開けておいても、ここへ入《へえ》るような泥棒はいやせんぜ」

左源太が軽い冗談を飛ばすのも、

(気を落ち着けようとしているな)

龍之助には理解できた。

「あ、遅くなるんならこれを」

ウメがぶら提灯を持って冠木門を走り出てきた。

「お、これはすまねえ」

左源太が受け取り、ふところにしまい込んだ。

二人は急ぎ足で街道に向かった。せめて八丁堀界隈は自然体でとの意志はあるが、〝策〟が大詰めを迎えようとしている。足早の歩を進めながら、

「お甲は？」

「万造さんが町駕籠を寄こしてきやしたので、それに乗ってもうとっくに深川へ」

貸元衆にとって女壺振りのお甲は、出迎えの駕籠を出すだけの価値は十分にあるのだ。

「ほう、さすがだなあ。それにおめえ、その風呂敷包みは脇差だけにしちゃあ、いやにかさばってるじゃねえか」

「へへ。お甲に頼まれやしてネ。軽業《かるわざ》衣装でさあ。俺に持たせるなんざ、ふてえ女になりやがったもんで」

「ははは、そう言うな。今宵の〝策〟はお甲がいてこそ成り立つのだ。それに、脇差を持っているようには見えねえ。かえっていいじゃねえか」

「あっしもそう思いやして。実はこの風呂敷包み、あっしのほうからお甲に言いやして」

「ふむ。その用心、今宵は大事だぞ」

「へえ」

足は、夕刻の慌しさを見せている街道に出た。

「それより旦那。賭場に手入れはねえんでしょうなあ。きょうあったら洒落《しゃれ》にもなりやせんぜ」

「あはは。いま奉行所に残っている同心はおらん。待機組がおらんということは、今宵どこにも出役《しゅつやく》がないということだ」

「さようで」

陽が落ちた。往来人の足はいずれも急ぐように速まっている。

「へへ、待っておりやしたぜ」

日本橋に近づいたところで、脇道から伊三次が出てきた。着流しに脇差を帯び、裾をちょいとつまんで出てきたところなど、まったく遊び人風体である。が、幾重にも巻いた腹巻は、刀で斬られるかもしれない覚悟を示している。龍之助の横並びに歩を取り、

「無理を言って申しわけありやせん。手甲《てっこう》と脚絆《きゃはん》は持ってきておりやす」

ささやくように言い、ふところを軽く叩いた。喧嘩支度である。足元を見れば、草《ぞう》履《り》ではなくやはり草鞋をきつく結んでいた。

陽が落ちれば大八車は通らず、日本橋の橋板に響くのは、往来人の下駄の音ばかりとなっていた。

大川の永代橋にかかったときには、もう暗くなっていた。橋の上に提灯の灯りがまばらに動き、下駄の音も少なくなっていた。左源太の手にもぶら提灯が揺れている。日本橋を渡ったところで、脇の蕎麦屋から火をもらったのだ。

永代橋を渡れば、もう富岡八幡宮は近い。左源太は風呂敷包みを抱えた腕に力を入れた。十三年前、母親がみずから喉を刺し貫いた脇差がそこに入っている。

「ううっ」

「舞台はまだだぜ、左源太」

歩を進めながら呻《うめ》いたのへ、龍之助は低く声をかけた。

日が暮れると門前の広場のような大通りから人影は消えるが、脇道に入れば軒提灯の灯りが点々と点き、白粉《おしろい》と酒の香がただよいはじめる。

そこに着流しの武士と遊び人風と職人姿の奇妙な組合せの三人連れが入っていく。

今宵賭場の立つ場所はすでに万造から聞いている。

「へいっ、お三人さま。神明町からのお方とお見受けいたしやす」

若い男が、脇から声をかけてきた。伊三次が頷くと、

「代貸の万造兄イから言われておりやす。こちらへ」

先に立ち、枝道からさらに路地へと案内した。

五

「あの者に、間違いないな」

「へい」

念を押す龍之助も、応える左源太も、低く掠《かす》れた声だった。

伊三次を含む三人が案内されたのは、神明町のもみじ屋に似た、玄関口は狭いが奥行きのある小料理屋だった。裏手から入ると万造が迎え、屋内からはすでに丁半の声が聞こえていた。百目蠟燭に浮かぶその部屋を、明かりを消した隣の部屋から襖のすき間越しに覗いている。

端座して壺を振るお甲の背が見える。お甲は、わざと片膝を立て色気を売るような

真似はしない。腕に自信があるのだ。いかに手先の器用な者でも追従できない、旅の一座で軽業と手裏剣を仕込まれ柔軟さと機敏さ、それに集中力のある身だからこそできる技なのだ。背からも、全身で壺を振り神経を指先の感触に集中しているのが看《み》て取れる。

その向かいに甲州屋右左次郎と武士二人が陣取っている。神明町のもみじ屋での配置とおなじだ。襖のすき間から、それらの顔が真正面に見える。

「よし」

龍之助は低く吐き、左源太の肩をつかまえ襖から剝がすように引いた。

左源太は無言で応じた。足軽組頭の向山俊介とならんで座っている着流しの武士、台所奉行の佐伯宗右衛門は……確かに左源太が忘れないもう一人の顔であった。

もう一つの、声も気配も盆茣蓙の場には伝わらない部屋に移った。

「間違いありやせんね、左門町の人」

と、万造が伊三次と一緒に待っていた。

「ううっ」

「進めるぞ。万造さん、お甲に合図を頼む」

左源太は呻き、龍之助が代わりに応えた。

「へい、さっそく」

「兄弟《きようでえ》、任すぜ」

部屋を出ようとする万造に、伊三次が低声を投げた。

万造は振り返って頷き、うしろ手で襖を閉めた。部屋は龍之助と左源太、伊三次の三人だけとなった。それ以外、部屋に入れていないのは、万造の配慮である。一度、貸元が挨拶に顔を出しただけで、いまは箱火鉢《はこひばち》を灰吹き代わりに煙管《きせる》の音を立て、かたわらには銭函《ぜにばこ》を置き、盆茣蓙を睥睨《へいげい》するように丁半の声が飛び交う部屋に陣取っている。深川の貸元も、富岡八幡宮門前の賭場を仇討ちのつなぎの場にするのを承知している。なにしろ、町人が武士に仕掛け、その助っ人が江戸中の賭場を支配しようとしていた与力を斃《たお》した同心とあっては、それこそ二つ返事で応じ、揉み手で龍之助たちを迎えたのだ。

三人となった部屋には、緊張の糸が張られている。

左源太は黙している。その脳裡に去来しているものを、龍之助は解している。十三年の歳月がながれ、

(あの日はかえって鮮明になっていよう)

龍之助は行灯《あんどん》の灯りのなかに、そっと左源太の横顔を見つめ、伊三次も、

「もうすぐだぜ、左源太さん」

掠《か》れた声を畳に這《は》わせた。

そこへ万造が戻ってきて、

「いやあ、初めて拝ませてもらいやしたが、お甲さんの手さばきにはまったくほれぼれしますぜ」

襖を開けるなり言ったのへ、

「首尾は？」

伊三次は訊《き》いた。

「壺を振りながら頷きやした。あとは、お甲さんがころ合いを見計らって……」

万造もすでに〝策〟の一員である。あとは、お甲の間合いの取り方に任せ、つぎの段階を待つ。

部屋は万造を含め四人となった。その四人の誰もが、そこに張られた緊張がますます細く鋭さを増すのを感じている。

百目蠟燭に照らされた部屋では、貸元が悠然と盆茣蓙の行方を見守っている。

「五・二《ぐに》の半」

「よござんすか」

「一《ぴん》・一《ぞろ》の丁」

どよめきのなかに、蠟燭の炎がもう幾度大きく揺れたろうか。佐伯宗右衛門も向山俊介も、すでに元手に数倍する額の駒を膝の前に積み上げ、興奮状態にある。

「ふーっ」

疲れきったように、お甲が足を崩した。

「おーう。壺の姐さんがお疲れのようだ。お客さん方もここで一息入れてくだせえ」

箱火鉢のほうから貸元が太い声を盆茣蓙にながし、

「さあ、みんな。お客さん方に別間でお茶を差し上げろ。姐さんもしばし休んでくだせえ」

「ならば、お言葉に甘えまして」

お甲はふかぶかと辞儀をし、客たちはホッとしたように別間へ移動しはじめた。

奥の部屋では、伊三次がすでに手甲脚絆をはめ、左源太は件《くだん》の脇差を握り締めていた。お甲が筒袖《つつそで》に絞《しぼ》り袴《はかま》の軽業衣装でその部屋に現れたときは、すでに龍之助を含め三人の姿は部屋になかった。

廊下で、

「お侍さま方」

万造が着流し姿でそっと声をかけていた。

「なんだ」

応じたのは台所奉行の佐伯宗右衛門だった。まだ、顔が上気したままである。

「さきほどの壺振り、いかがでしたでしょうか。あの女《もの》が申しますには、真正面のお侍さま方、賭けっぷりがよく、ほれぼれしました、と」

「ほう」

足軽組頭の向山俊介が、上気した顔をほころばせた。

「で、つぎの盆を開くまで、別棟で一献差し上げたい、と」

「ほぉう。これは、これは。佐伯さまに向山さま。賭けっぷりがよく、しかもついているお客に壺振りがお手柔らかにと一献かたむけるのは、昨今の賭場の流儀でございますよ」

すかさずかたわらから甲州屋右左次郎が口を入れた。

「ほう、さようか」

「媚《こ》びがなく、なかなか毅然としていい女ではないか。ふむふむ」

と、二人に異存のあろうはずがない。

「ならば、ささ」

万造は玄関へいざなった。

「なんだ、外に出るのか」

と、佐伯宗右衛門。

「はい。さきほど別棟で、と」

「おう。そうだった」

と、向山俊介。

門前町であっても、賭場が開かれるような小料理屋の周囲は暗い。

脇からぶら提灯を手にお甲が出てきた。

「嬉しゅうございます。お侍さま方」

軽業衣装だ。

「着物は帯が苦しゅうございます。くつろぐにはこれが一番でして」

目を丸める二人に言い、先に立って歩きだした。

「お早めにお帰りを」

「さ、こちらで」

玄関で立ちどまった甲州屋右左次郎に万造がすかさずつなぎ、急《せ》かすように二人の背後へまわった。提灯を持ったお甲は、すでに脇道に歩をとっている。佐伯宗右衛門

と向山俊介は、

「おうおう」

「急ぐな、急ぐな」

慌てるようにあとへつづいた。さすがは武士か、外へ出るのに大小は置いてきてはいない。

暗い脇道である。

「女。その衣装、なかなか似合うぞ」

「ありがとうございます」

お甲は顔だけを振り返らせ、なおも歩く。

「まだか」

「もうすぐです」

佐伯宗右衛門の不安を帯びはじめた声にお甲は応え、

「ははは。庵《いおり》でございますよ、この先の」

「そういえば、前は林のような」

背後からの万造の声に、向山俊介は前方に目を凝らした。黒々としたものが盛り上がり、樹々《きぎ》のざわめきが聞こえる。往還は富岡八幡宮の境内の一角に入っている。

「灯りが見えぬが」

「それならここに」

佐伯宗右衛門が言ったのへお甲は振り返り、二人の位置を確かめるように左手の提灯をかざすなり背後へ大きく跳び退《すさ》り、

「エイッ」

「ウウッ」

お甲の気合いに佐伯宗右衛門の呻きがかさなり、身をぐらつかせ、

「お、お、おまえ！」

左の腿《もも》を押さえ膝を地面についた。

「どうした！」

提灯を持ったままお甲が手裏剣を放ったのをまだ向山俊介は気づかない。うずくまった佐伯宗右衛門を抱え起こそうとし、

「うあっ」

横合いから飛び出した影がつむじ風のごとく脇を駈け抜け、

——ガシャ
大小が地に落ち、ついで着流しの帯もパラリと落ちた。

影は、無腰になり着物の前をはだけた向山俊介の前面に腰を落とし、白刃の切っ先を喉元に突きつけていた。着流しを尻端折《しりばしより》に塗笠をかぶり、お甲の持つ提灯一つの明かりでは、武士と分かっても顔までは見えない。

「う?」

向山俊介はようやくさっきのつむじ風に帯を斬られたことに気づいた。かたわらではなお、

「ううう っ」

佐伯宗右衛門が左腿を押さえ、呻いている。

「おめえら、簡単には死なさねえぜ」

前面からの声に佐伯と向山は、左手の提灯を突き出すようにかざしたお甲の横に、もう一つの影が立っているのに気づいた。いずれも素《す》っ破《ぱ》抜きをかければ切っ先のとどく至近距離である。だが佐伯はすでに手負いであり、向山はだらしなく無腰になり、塗笠の武士に動きを封じられている。

「ううっ、なぜ!?」

「い、いったい!?」

言う二人へ左源太は、

「だろうな。明るいところで俺の面を見ても分かるめえ。十三年前《めえ》よ、俺アまだガキだったからなあ。だがよ、これなら分かるんじゃねえのかい」

一歩前に進み出て左手の脇差を鞘ごと突き出した。

「じゅ、十三年前？」

「そうよ。甲州街道は小仏峠でね」

二人のどちらが言ったのか分からない。返したのはお甲だった。

「あっ、あのとき、ガキが一人」

「な、ならば、そ、その脇差。お、俺の……ううっ」

驚愕のなかに思い出したか向山の言ったのへ佐伯がつないだ。

「そ、そうかい。この脇差、おめえのかい」

掠れた声を左源太は吐き、

「野郎！」

さらに一歩踏み込むなりうずくまる佐伯宗右衛門の顔面を蹴り上げ、

「うあぁっ」

「苦しめっ」

「うぐっ」

悲鳴を上げてのけぞる喉元へ、抜き放った脇差を突き立てた。苦しむより即死に近かった。佐伯宗右衛門は仰向《あおむ》けに背を地べたに叩きつけ、そのまま動かなかった。

「もう死にやがったかい。だっちもねーっ」

喉に草鞋を結んだ足を乗せ、

「えいっ」

引き抜き、すぐ横の向山俊介に向かって身構えた。向山はなおも刀の切っ先に動きを封じられたままである。

「まま、待て！　あ、あれは山中での、ざ、座興じゃ。女が勝手に……」

「座興ですって！」

「うわっ」

叫ぶように言ったのはお甲だった。腰を落とし提灯を突き出したまま再度右手が大きく旋回していた。二打目の手裏剣である。右目に打ち込んでいた。お甲がなおも提灯の火を、消さないまま持っているのはさすがである。

「これも座興っ」

その明かりを背に左源太は飛び込んだ。右目を押さえる向山俊介の胴を薙《な》ぎ、振り返るなりさらに一太刀背に斬りつけ、横っ飛びに返り血をかわした。

「うぐぐっ」

向山俊介は血を噴きながら、なおも倒れず呻いている。

左源太は吐いた。

「まだ死なさねえぜ」

「ならばあたしが！」

飛び込もうとするお甲を龍之助は手で制した。

向山俊介はよろめきながらも本能か、来た道を逃げようとした。

「左源太さん、どうする」

伊三次が脇差を抜き、道を塞ぐように身構えている。その横に、着流しのふところに手を入れ匕首《あいくち》をつかんだ万造が立っている。二人で退路を断っているのだ。

「どうするもねえぜ。座興よ」

苦痛に呻き、逃げ場を失いふらつく向山俊介の背を、左源太は血刀を構えたまま蹴り上げようとする。

果たして武士の情けか、

「左源太、早くとどめを！」

龍之助の声に、

「だがよーっ」

「ならばあたしがっ」

「だっちもねーっ」

お甲の声に押されたか左源太は飛び込み、背に脇差を思いっ切り刺し込み、手を離した。

「んぐっ」

向山俊介は背に十三年前の佐伯宗右衛門の脇差を立てたまま前のめりに倒れ込み、しばらく呻いたあと動きをとめた。

「さ、帰りやしょう」

提灯一つの明かりの中に、万造が声を這わせた。

六

「さあ、起きなせえ、起きなせえ」

陽が昇ってから、茂市が襖を開け放した。

きのう龍之助は、夜食は自分を入れて四人分と言っていたが、深夜に帰ってきた顔ぶれを見てウメが用意したのは三人分だった。お甲がいない。

「さあさあ、旦那さまはもう奉行所に出仕なさいましたよ」

「おゝ、もうそんなに」

左源太が起き、伊三次も目を覚ました。

ウメが朝食の用意をしていた。

「お甲め。あのあとの盆茣蓙、うまく務めやがったかなあ」

「いやあ。あの度胸の据わりようには、あらためて頭を下げらあ」

二人は膳を進めながら話した。

昨夜、富岡八幡宮の林の脇から龍之助と左源太、伊三次の三人はそのまま八丁堀に引き揚げ、お甲は万造と一緒に百目蠟燭の部屋へ戻り、盆茣蓙をつづけた。深川の貸元と万造のたっての願いで今宵もう一晩、八幡宮門前の賭場で盆を振ることになっている。帰り、ぶら提灯一つの灯りで深夜の永代橋を渡りながら、

「――あの脇差は、ちゃんと奴らに返しやしたぜ」

左源太は言っていた。向山俊介の背に刺し込んだままなのだ。松平家の家士で見る者が見れば、

「佐伯どのの……」

気づくかもしれない。

龍之助はいつものとおり、呉服橋御門内の北町奉行所に向かった。茂市が左源太と伊三次を叩き起こしたのは、挟箱を担いで奉行所まで送っていき、戻ってきてからである。

同心溜りで、龍之助は耳を澄ました。すでに佐伯宗右衛門と向山俊介の死体は、朝靄《もや》に発見されているはずである。

だが、なにも伝わってこない。富岡八幡宮の一帯を定町廻りの範囲にしている同心が与力に呼ばれ、奉行所の小者二人を連れ出かけたのは午過《ひるす》ぎだった。

夕刻には奉行所に戻ってきて言っていた。

「武士だったらしいよ、二人とも。なんでも斬り合いというより喧嘩のような、みっともない殺され方だったらしいよ。相手？　分からない。なにぶんあそこは寺社門前で、どうせ博打《ばくち》の揉め事だろうって土地の者は言っていた。それに場所は八幡宮の林で寺社奉行の支配だ。社務所では、さっそくに寺社奉行へ知らせたらしい」

「ははは。ならばおぬし、せっかく出張っても骨折り損でしたなあ」

相槌《あいづち》を入れるように言う者もおれば、

「死体が町家のほうだったとしても、あの一帯、寺社門前だしなあ」

と、つなぐ者もいる。

「ほう。さようでしたか」

龍之助は一言、話に加わっただけである。事後の事態も〝策〟のとおりに進んでいるようだ。


龍之助が微行のかたちで神明宮石段下の紅亭にふらりと立ち寄ったのは、お甲が深川から帰ってきた午前《ひるまえ》のことだった。

奥の部屋には、左源太も大松の弥五郎、伊三次も顔をそろえていた。

「松平屋敷のようすは、ここ数日中にも甲州屋の旦那が知らせてくれやしょう」

大松の弥五郎は言っていた。

龍之助は左源太に言った。仇討ちの〝策〟が具体的に進みだしてから、ずっと左源太に訊《き》きたかったことである。

「どうだ、左源太。これでおめえ、小仏峠の村へ帰るかい」

「あ、兄イ。あっしゃあ街道で兄イと与太を張っていたときから」

「そう、そうよ。あたしも……」

お甲が左源太につないだのへ、

「いてくだせえ」

坊主頭の弥五郎が、丸い目をくりくりと動かした。左源太は龍之助の歴とした岡っ引で、お甲は女隠密岡っ引なのだ。

二日目のその日、奉行所ではもう富岡八幡宮門前の一件は話題にもなっていなかった。それよりも同心たちの関心は、

「柳営、どうなっているのかのう」

「さきほど与力部屋に行ったんだ。うーん、どうも動きが……」

読めないようだ。

「ほう」

このときも龍之助は、同心溜りの世情談に一言加わっただけだった。

(あすにでも、蠣殻町へ行ってみようか)

脳裡には思っていた。

二　刺客防御

一

（まず、甲州屋に行ってみよう。蠣殻町《かきがらちょう》はそれからだ）

　思ったとき、すでに甲州屋のある宇田川町は通り過ぎていた。急ぎの用か、車輪の音を響かせた大八車とすれ違い、

「おっとっと」

　避けたすぐ脇を、町駕籠《かご》が威勢のいいかけ声とともにすり抜けていった。おなじ街道筋でも、そこはもう神明町だった。

　左源太の仇討ちには緻密な〝策〟を立てたのと逆に、いま自分が動くべき確たる方向と順序を、鬼頭龍之助《きとうたつのすけ》は持ち合わせていなかった。

だが、微行《びこう》の足が神明町に入ったとなれば、やはり念頭を占めるのは、

(仇討ちが成り、左源太《さげんた》はかえって虚脱していないか)

そのことだった。

着流しで刀は落とし差しに黒っぽい羽織をつけ、雪駄に音を立てる足はそのまま進め、茶店の紅亭《べにてい》の角を曲がって神明町の通りに入った。前方に神明宮の鳥居が見え、一歩入っただけで通りの雰囲気は、和《なご》やかさと華《はな》やかさを合わせたような門前町の雰囲気へと変わる。

「これは旦那」
五、六歩と進まぬうちに、いかにも年寄り染《じ》みた皺枯《しわが》れ声をかけられた。
「あはは。なにかお悩みのようですな」

天眼鏡を手に、龍之助を覗き込むような仕草を見せている。いつも神明町の通りに占いの台を据え、まわりからは〝占い信兵衛《しんべえ》〟などと呼ばれている、左源太の長屋の住人である。

「――あの父《とっ》つぁんねえ、商売柄、爺《じじ》イに見せかけているだけでさあ。本当は四十にもなっていやせんや」

左源太は以前言っていた。白髪まじりの総髪も顎髭も、詐《つく》り物である。往来で龍之

助に声をかけるのにも皺枯れた声を出すなど、なかなかの芸達者だ。龍之助は歩み寄り、

「ほう、信兵衛さん。よく当たるのう」

台の前に置いている客用の腰掛に座り込んだ。

「見て進ぜましょう。旦那ならお代はいただきませんぞ」

「ふむ。見てもらおうか」

龍之助は上体を乗り出した。左源太のようすは、おなじ長屋の住人に訊《き》いたほうがよく分かるのではと思ったのだ。

占い信兵衛は天眼鏡を龍之助の顔面にかざし、商売用の皺枯れた声で、

「で、なにをお悩みでございましょう？　旦那はまだ独《ひと》り身と聞いておりますが、そのほうの相性ですかな？」

「それはまたにしよう。長屋のことだ」

「えっ。それは旦那がよくご存じのはず。左源太さんがいなさるじゃありませんか」

左源太が八丁堀の手の者であることは、長屋へ連れて行ったその日のうちに住人たちに話してある。そのほうが左源太にとっても、長屋での日々を送りやすいはずである。実際、そうなっていた。

「その左源太のことだ。ここんところどうだい。忙しそうにしてるかい」

「なんだ。そんなことですかい」

　占い信兵衛は声を四十がらみの地声に戻し、

「そりゃあ旦那。左源太さんのおもての仕事は、千木筥《ちぎばこ》の薄板削りじゃありやせんか。来月は神明さんのダラダラ祭りですぜ。縁起物は大忙しで、日の出とともに仕事を始め、日の入りも忘れるほど精魂込めてまさあ。とくにここ二、三日。人が変わったように、一心不乱に」

「人が変わった？　なにか言ってたかい」

「言ってやしたよ。ダラダラ祭りにゃこの縁起物で、一人でも多く福を分けなきゃあって。わしも見習い、祭りのときにゃ層倍の精魂で参詣《さんけい》のお人らに奉仕させてもらいまさあ。で、なんでそのようなことを？」

　占い師だけあって饒舌《じょうぜつ》だ。

「いや、なんでもない。左源太の仕事、けっこう評判いいと聞いたもんでな」

「そりゃあそうでがしょ。あの仁は手先が器用なうえ、手抜きなどしませんや。わしら、腕の入墨《いれずみ》なんざ気にしておりませんから」

　それを言われれば、龍之助はドキリとする。左源太が役人に捕縛されたとき、龍之助は気がつくのが遅く、なんら手をまわすことができなかった。だから遠島になり、腕に墨まで入れられてしまったのだ。そこに龍之助は負い目を感じている。

捕縛されたのが神明町の賭場とあっては、大松《だいまつ》の弥五郎《やごろう》や伊三次《いさんじ》にも負い目はある。龍之助が一帯を担当する以前だったが、捕方が入るのを察知できず客を奉行所に引かせるなど、土地を仕切る者としては大失態である。しかもそれが、大松一家を引っかけようとした与力・田嶋重次郎や隠密同心・佐々岡佳兵太らの罠《わな》だったとあっては、大松の弥五郎は収まりがつかなかった。

そこに田嶋や佐々岡を闇に葬った龍之助と大松の弥五郎との、持ちつ持たれつの関係ができ、龍之助が左源太の赦免《しゃめん》に奥の手を使い、神明町に左源太を岡っ引として住まわせる素地ができ、大松の弥五郎にお甲《こう》の寝起きする部屋を紅亭の奥に用意させることもできたのである。

路傍《ろぼう》の占い師に八丁堀の同心が向かい合っているなど、探索の方角を占ってもらうわけでもなし、あまりいい光景ではない。

「長屋の衆が左源太をお仲間のように扱ってくれてること、ありがたく思うぜ。じゃましたな」

龍之助は腰を上げた。そういえば神明宮のダラダラ祭りは長月《ながつき》（九月）だ。いまはもう葉月《はづき》（八月）の終わりに近い。神明町が近在近郷の参詣客でにぎわう日は目前に迫っている。縁起物の千木筥職人は大忙しのはずだ。

（江戸暮らしに一段落つけた左源太には、ちょうどよかったかもしれぬ）

虚脱感よりも、逆に毎日が充実していよう。

「旦那ア。長屋へは行きなさらないので？」

街道に戻ろうとするのへ、占い信兵衛は声をかけた。商売用の皺枯れ声になっているのはさすがだった。

「あゝ」

と、足にもう迷いはない。

まだ午前《ひるまえ》である。宇田川町に入った龍之助は、すぐ枝道に折れた。大八車や荷馬に町駕籠などが絶えない街道にくらべ、ほこりっぽさはいくぶん収まる。枝道でもう一度曲がれば甲州屋の暖簾が見える。曲がらずまっすぐ西へ進めば町家は絶えて武家地が広がり、愛宕山下大名小路がそこにながれている。

間口は広いが暖簾は小さく控えめに出され、知らない者なら前を通ってもそこが献残屋だと気づかないだろう。商品が見えるわけでもなく、人の出入りに武士までいるとなれば、

「いったいここはなんの商舗《みせ》？」

と、首をかしげることだろう。それが、献残屋である。

「右左次郎《うさじろう》旦那はいなさるかい」

暖簾を頭で分けて入ってきたのが、小銀杏の髷に黒っぽい羽織の二本差しとあっては、

「お役人さま！」

と、店場《たなば》にいた丁稚は緊張し、

「番頭さーん」

奥へ声を投げ、出てきた番頭も、

「もしや鬼頭さまでは！　しばらくっ」

すぐさま廊下へすり足をつくり、亭主の右左次郎が出てくるのも早かった。龍之助が甲州屋の暖簾をくぐったのは、この日が初めてである。

さっそく奥の部屋に通された。なるほど奥行きがあり、裏には物置や倉がある。さまざまな献残物が入っているのだろう。

「実はさきほど、幸橋《さいわいばし》御門から戻ったばかりでございます。いまから八丁堀へお伺いしようか、夕刻にしようかと迷っていたところなのです」

奥の部屋で甲州屋右左次郎は番頭を遠ざけ、低声《こごえ》をつくった。

「ほう。いかように」

「それでございます、鬼頭さま」

時候の挨拶など抜きである。右左次郎はさっそく用件に入り、龍之助は身を乗り出した。脳裡には〝田沼と松平の相関〟の図式がながれている。

「やはりお武家であります。これはおそらく鬼頭さま……お手前さまがご考慮されてのことでは……」

右左次郎は特徴のある金壺眼を見開き、前置きのように述べて、

「松平家は屋敷から寺社奉行へ人を派遣され、出先での不慮《ふりょ》の死ということで、ご遺体をお引取りになりました。なにぶん刀も抜かず、二人も刺し殺されていたのですから……」

「武士として、これほどぶざまな死に方はない」

「さようでございます。おもてに出せるものではありませぬ」

「で、それから？」

「お屋敷内では、ただ〝みっともない〟と、ご家臣のかたがたがささやき合っておられるだけで、真相を調べる動きはありませぬ。もっとも場所を考えれば、松平家が寺

社奉行さまや町奉行さまへいかにご依頼されようと、町家での真相など探れるものではありませぬ。あ、これはとんだご無礼を……」

「ははは。いいんだ、いいんだ。そこを見越しての〝策〟ではないか。ならば一件落着と看《み》てよいようだのう」

「はい。この件に関しましては」

「この件に関してとは？」

「幸橋御門のお屋敷に、気になる動きがあります」

「いかな？」

龍之助はドキリとした。脳裡をめぐっていた図式が、鎌首をもたげたのだ。右左次郎は話した。

「なにやら異様に緊迫した空気が、お屋敷全体に張りつめているのでございます。実はきのうもきょうも、手前どもが幸橋御門にまいりましたのは、自分から出向いたのではなく、呼ばれたのでございます。ここのところ、さまざまなお屋敷から幸橋御門に献残品が届けられているのでございます。もちろん、そこの大名小路からも」

右左次郎は部屋の中で西のほうを手で示し、

「この近くから出た品が、またこの近くに出まわることは避けねばなりませぬ。そうしたことにも、献残屋は気を遣うものでございます」

　なるほど自分の屋敷から出た品がまわり回ってまた自分の屋敷へ〝献残物〟として戻ってきたなら、最初に出した屋敷は虚仮《こけ》にされたような思いになり、贈答は逆効果を生むことになる。

「きょうは次席家老のお方と話す機会がありまして、柳営でのう……と言っておられました。そのあと間を置き……」

　右左次郎も言葉に間を置いた。龍之助は身を前に出したままである。

「――場合によっては、そなたに品を引き取ってもらうのは、いまが盛りでこのあと当分なくなるかもしれぬでのう」

　次席家老は言ったという。

「ふむ」

　龍之助は頷いた。その理由を解したのではない。各大名家や高禄旗本たちはいま柳営の動きにことさら敏感となり、先の読めないなか、その日その日の風に揺れ動いているることを解したのだ。ならばその根源はやはり、

（明瞭には分からない）

　龍之助は身をもとに戻し、

「そなた、あしたも幸橋に行くのかのう」

「分かりませぬ。献残品があれば、きょうにもまたお屋敷から遣いの方がみえられましょう。なにぶん白河藩松平さまのお屋敷に届く献残物は、ここ数日ですが半端な量じゃございませんので」

「ふむ、さようか。新たな動きがあれば、また知らせてくれ」

「それはもう。手前ども、左源太さんの仇討ちでは、鬼頭さまとは一蓮托生の身になったと自負しておりますれば」

右左次郎は言い、腰を上げようとした龍之助を呼びとめ、

「そうそう。同業の者が言っておりましたが、相良藩田沼さまのお屋敷に出入りしている者です。ここ一月《ひとつき》ほどのことでございます。本郷の田沼さまのお屋敷にも献残物が多く、手前どもの話と合わせますと、両天秤というのでございましょうか。どうやら松平さまと田沼さまの両方のお屋敷へ届けているお大名家やお旗本がけっこうあるようでございます。それも、同業の話と手前どもの知る松平さまの献残物の動きを照らし合わせれば、まるで一方が減れば片方が増えているような。その意味での両天秤でございます」

「ふむ。互いに連動しながら、上がったり下がったり……か」

「はい、さようで」

龍之助が問うように返したのへ、右左次郎は応じた。

やはり、柳営は日替わりのように動いている。もちろん龍之助は甲州屋に、相良藩田沼家の献残物の動きを訊こうとした。だが、問いを飲み込んだ。自分から〝田沼〟の名を出すことを控えたのだ。

「ともかくだ。どんな些細なことでもよい。松平屋敷に変わった動きがあれば、知らせてくれ。その対手《あいて》となるほうの動きもついでに……」

「むろんでございます、一蓮托生の身なれば」

右左次郎は金壺眼をまた見開き、丁寧に辞儀をした。

収穫はあった。

街道に帰りの歩を進めながら、

(献残屋とは恐ろしいものだわい。世の動きを掌中に見てござる)

思ったものである。

足は、海辺側の蠣殻町よりも城側の呉服橋御門のほうへ向かった。

(いつ奉行所内に、突発的な噂が)

ながれるかもしれないのだ。

二

甲州屋から連絡があったのは早かった。翌日だった。午《ひる》すこし前、ちょうどきのう龍之助が宇田川町に甲州屋を訪ねた時分だ。正面長屋門の小者が同心溜りの龍之助へ来客を告げに来た。〝甲州屋が〟というので前庭を長屋門に急いだ。

同心詰所に待っていたのは遣《つか》いの者ではなく、丁稚を供に連れた右左次郎本人だった。他にも町人が数人ひとかたまりになって待っていた。右左次郎と龍之助は部屋の隅に寄り、互いに低声になった。丁稚は言われなくても離れて座っている。

「けさ早くに幸橋から遣いがみえ、屋敷に呼ばれました」

さっそく右左次郎は本題に入った。

「次席家老さまです。本郷の田沼さまの上屋敷に出入りしている献残屋は知らぬか……との仰せにございました」

「ほお」

龍之助は聞こえぬほどの声で頷き、額を右左次郎に寄せた。町人のかたまりとのあいだには丁稚が腰屏風《こしびょうぶ》のように座し、視界もさえぎっている。右左次郎はさらに声をひそめた。

「田沼さまのお屋敷の動きを探ってくれ……と。もちろん、手前どもが訊かれますのは献残物の動きでございます。それも、最近届けてまいった屋敷の名と品を調べよ……と。このこと、きのう鬼頭さまはなにやら田沼さまにご興味がおありのごようすだったもので、取り急ぎお知らせにと思い」

「さようか」

龍之助は無表情を扮《こしら》え、

「で、そなたはいかように」

「はい。話したのはきのう鬼頭さまにも申し上げましたとおりでして。それでは足りぬゆえ、田沼さまへ出入りの大口の献残屋は日本橋にございまして、これから出向きます」

「ふむ。帰りに八丁堀に寄ってくれぬか。早めに帰っておくゆえ」

「かしこまりました。幸橋にはそのあとまいることにいたしまする」

右左次郎は言うと、へ
「行くぞ」

丁稚をうながした。ひとかたまりの町人たちはひそひそと深刻そうに雑談を交わしながら、まだ名指した同心を待っている。いずれかの町内の公事でも持ってきたのだろう。

龍之助も一緒に同心詰所を出て、正面門に見送った。きょう一日、甲州屋右左次郎は忙しくなりそうだ。

奥の同心溜りに戻り、御留書《おとどめがき》をくりながら神経は与力部屋の動きに向けた。いま分かっているのは、朝から奉行の曲淵甲斐守《まがりぶちかいのかみ》が登城していることのみである。待っているのは、与力や同心たちばかりではない。小者たちも待機している。いつ一斉市中見廻りがあるかもしれないのだ。

誰もが待つなかに、

「お奉行さまー、お帰りーっ」

正面門に駈け込んだ小者の声は、またたくまに奉行所内全体に広まった。午過《ひるす》ぎである。騎馬だった。二名の与力に若党、挟箱持たちが従っている。

(さあて、なにが来るか)

出迎えたあと、同心溜りには緊張の糸が張られた。与力たちが奉行の部屋に呼ばれているようだ。

「また一斉廻りかのう」

「いや。変事があれば、逆に伏せるかもしれぬぞ」

同心溜りで同僚たちが、おもての同心詰所で待っていた町人たちのようにひそひそと話している。

動きがあったのは意外に早かった。奉行の話もそれだけ短かったのだろう。筆頭同心が与力部屋に呼ばれた。すぐに戻ってきた。

同心溜りは固唾を呑んだ。そのなかに龍之助もいる。

「どうでした！」

「なにか指示でもございましたか？」

「いや」

筆頭同心の言葉に、一同は文机《ふづくえ》に戻った。

「上様（十代家治《いえはる》将軍）にはご不例をお脱しあそばされ、ご快癒へ向かわれた由《よし》。奉行所は両町とも通常の業務に励むべし……と」

「ふーっ」

誰の溜息か、同心溜りの緊張の糸が急に弛《ゆる》み、期待はずれのような、安堵したような、みょうな空気が部屋にながれた。

「まことですか」

「ならば、いままでどおり、なにも起こらず……」

筆頭同心に念を押す者もいる。

龍之助はふたたび御留書をくりはじめた。

(おかしい)

脳裡をながれる。

陽はまだ高い。

「それがし、ちょいと微行に」

同僚に声をかけ、外に出た。微行には違いないが、街道に出ると日本橋の方向へチラと目をやった。大八車や往来人のあいだに、甲州屋右左次郎の姿を求めたのだ。見えない。おっつけ戻ってくるだろう。それとも、もう八丁堀の組屋敷で待っているかもしれない。街道を横切り、そのまま枝道に入って東へ歩をとった。八丁堀への微行である。

早い帰りに茂市《もいち》もウメも驚きはしない。八丁堀ではよくあることなのだ。客は、なかったという。だが、羽織をはずし一息入れたところへ、

「鬼頭さま。まだお戻りでなければ待たせていただきとう存じまする」

と、玄関に丁重な訪《おとな》いを入れたのは、甲州屋右左次郎だった。

「どうだった」

　さっそく、奥の部屋である。丁稚はおもての縁側に待たせ、そこにもウメはお茶を出していた。龍之助が命じたのだが、それだけ日本橋から戻った甲州屋は龍之助にとって、大事な客なのだ。

「いつものとおり、田沼さまへの献残物は群を抜いておりますようで。ですから、出入りの献残屋も数軒ありまする」

　右左次郎は前置きし、

「いったいどういうことなのでしょう。手前どもと懇意の同業はきのう、田沼屋敷のお方から、数日中にドッと増えるかもしれぬゆえよしなに頼むぞ……と、言われたやにございます。むろん、他の出入りの同業もらしいです」

「ほーう、さような」

　龍之助は頷いた。考えられるのは、柳営での田沼意次と松平定信のせめぎ合いが、

（わが父君・意次さま優位に動いた）

　ということであろう。各大名家や高禄旗本たちは、さまざまな噂の飛び交うなか、身の保全を策して右往左往しているのだ。納得できるものがある。きょうさきほど、奉行所の同心溜りで筆頭同心が言っていた。

「──上様には……ご快癒に向かわれ……」

家治将軍あっての側用人・田沼意次であれば、〝上様ご不例〟を契機に田沼追い落としに動いた松平定信が、これまで以上に圧迫されるのは目に見えている。

「さっそくこのことを松平屋敷へ。え？　ここ数日に田沼さまへ献残物を届けた大名家ですか。分かりませぬ」

当然である。分かっていても言わないだろう。それは業界仲間の仁義である。右左次郎が〝分かりませぬ〟と言ったのは、松平屋敷でもおなじことを言う意思表示でもある。

「いやいや、これは余計なことを訊《き》いてしまった。つい、事のついでと思ってな。気に召さるな」

腰を上げる右左次郎に龍之助は呟《つぶや》いた。

「あれれ、夕膳はよろしいので？　丁稚さんのもと思ったのですが」

廊下でウメが残念そうに言ったのへ右左次郎は、

「これからはときおりまいりますで。そのときはよろしゅう」

愛想よく返していた。鬼頭家の老下女に向けた、意味深い甲州屋の言葉である。

「そうなるだろうなあ」

背後から龍之助は言った。

まだ陽はある。

「ウメ。俺の夕膳は暗くなってから頼むぞ」

と、龍之助がふたたび大小を差し組屋敷の冠木門《かぶきもん》を出たのは、玄関に右左次郎を見送ってからすぐであった。

「えっ、そんなに遅くなるのなら旦那さま、これを」

茂市が折りたたんだぶら提灯を走り持ってきた。

足は右左次郎が向かった街道とは逆に東へ進んだ。蠣殻町である。秋の太陽が、人通りのほとんどない往還に龍之助の影を長く描き出している。奉行所に残っている同僚たちが戻ってくるには、まだ間のある時分である。

三

おなじころだった。幸橋御門内の松平家上屋敷である。幕閣から遠ざけられているとはいえ、定信は将軍をも出せる御三卿の一つ、田安《たやす》家の出である。柳営の動きが逐次入らぬはずはない。

奥の部屋に、定信が江戸家老ら数名の側近と向かい合っていた。首席家老と次席家老二人である。定信は今年二十八歳とまだ若く、柳営から遠ざけられたまま、家格に合う地位を虎視眈々《こしたんたん》と狙っている。そこへ〝上様ご不例〟の噂がながれ、千載一遇の好機と精力的に動きだしたのだ。面長に鼻筋が通って頰《ほお》がこけ、生真面目と神経質を同居させたような顔相である。

「すりゃあ、まっことか！」

薄いその唇が動いた。甲高《かんだか》い声も、性格をあらわしているように見える。懇意の大名家から〝火急〟と称して柳営の動きを伝えてきたのだ。

――上様、ご快癒に向かわれ

である。事実なら、定信にとって最近の動きがすべて頓挫《とんざ》することになる。加えてその反動もあろう。まさしく、

「お家の重大事」

なのだ。

「また田沼さまの法螺《ほら》ではないのか。本当は病状が重くなり……切羽詰《せっぱつま》って逆の噂を意図的にながしたとか……」

「そうとも思われますが、いま町家の方面から、本郷の田沼家上屋敷の動きを調べて

おります。おっつけ知らせがあろうかと存じまする」

首席家老が言ったのを、次席家老の一人が受けた。甲州屋右左次郎に田沼家出入りの献残屋への聞き込みを依頼した、四十がらみの犬垣《いぬがき》伝《でん》左《ざ》衛門《えもん》といった。右左次郎は松平家のお家に関わる重大な役目を頼まれたことになる。

その右左次郎が八丁堀を経て幸橋御門内の屋敷に訪いを入れたのは、ちょうど奥で家老たちが藩主の定信と話し込んでいるときだった。定信の許しを得て、献残屋が来たなら〝苦しゅうない〟奥に知らせよと側用人に告げてある。

「殿。しばらくご猶予を願わしゅう存じまする」

犬垣伝左衛門は低頭し、中座した。町人の来訪に主君と談合している家老が中座するなど、仰天するほど異例のことである。さほどに白河藩松平家はいま、危機感を高めているのだ。

別室にすり足をつくった伝左衛門はさっそく、

「して、いかがじゃった」

別室で中腰のままで問う。すぐまた奥の部屋へ戻れる姿勢だ。端座した甲州屋右左次郎は、八丁堀で龍之助に話したのと同様の内容を舌頭に乗せた。

聞き取ると伝左衛門は、

「大儀であった」

すぐさま藩主・定信の待つ部屋に取って返した。

ふたたび低頭する伝左衛門に首席家老は、

「いかがでござった」

待っていたように問う。

献残屋の話が、定信の面前で披露された。定信のこめかみは小刻みに動いていた。

「うーむ。田沼さまの屋敷には献残物が殺到……」

呻《うめ》くように言ったのは首席家老だった。献残屋の動きは、〝上様ご快癒〟が、

（……事実であったか）

定信を含めた、松平家首脳の脳裡を走っている。

「殿……。田沼家と親交のある大名家より聞き及びますところ、田沼さまには毎回、なにやら事の終わるたびに蠣殻町の下屋敷へお成りになられ、疲れた心身を癒《いや》しておいでとか。こたびも〝上様ご快癒〟なれば、安堵なされ下屋敷にしばし休息されるやもしれませぬ」

「そなた。なにが言いたいのじゃ」

伝左衛門が言ったのへ、首席家老が質《ただ》した。

「はっ。仮に、仮にでございます。わが藩が生き残り、かつ日の目を見るためには……」

犬垣伝左衛門は口ごもりながら言う。自分が言おうとしている内容に、緊張している。言葉をつづけた。

「つまり、田沼さまが下屋敷にてご安堵のあまり……その……息を引き取られた……とか。なれば、わが殿の願いも……成就《じょうじゅ》いたしましょうほどに」

「これ、犬垣どの。滅相もないことを、殿の御前で……」

「なれど田沼さまには年行《としゆ》き六十八なれば、あり得ぬ話ではございませぬ。まさしく忠節の故《ゆえ》の死と、世間は申しましょう」

「さ、さような」

伝左衛門の言を解したか首席家老はたしなめ、もう一人の次席家老は驚愕の声を洩らしたものの、

「して犬垣どの。こたび田沼さまが下屋敷へ御成りになるは、間違いなかろうか」

「調べればすぐに分かりもうす。日時も……」

田沼意次が老中で側用人ともなれば、職務上その所在は常に明らかにされており、柳営に通じている大名家に訊けば容易に分かることである。

藩邸の台所奉行と足軽組頭が、富岡八幡宮の寺社地でみっともない死に方をしたことは、内々に処理している。奔走したのは、犬垣伝左衛門だった。そのときのいまいましさが、とっさに〝策〟を思いつかせたのかもしれない。

家老たちの話に黙していた定信が、薄い唇を開こうとした。

「殿！　かようなこと、あくまでわれら家臣どもの戯言《ざれごと》にござりますれば」

首席家老がその口を封じるように言い、視線を犬垣に向け、

「さように、な」

「ははっ」

犬垣は右手を畳につけ、頷きを返した。

それら家老たちの話に、定信は無言のまま頬のこけた顔をかすかに頷かせた。

（よきに計《はか》らえ）

〝策〟に、承諾を与えているのだ。

外はすでに陽が落ち、薄暗くなりはじめていた。報をとどけた右左次郎は、とっくに宇田川町に戻っている。

「なにやらきょうは、異様に疲れました」

出迎えた番頭に言っていた。意識はせずとも、実際なにやら得体の知れないものの

蠢《うごめ》いているなかを歩いたと、献残屋の嗅《きゅうかく》覚が嗅《か》ぎ取っているのであろう。

八丁堀を出た龍之助が蠣殻町に入ったのは、ちょうど陽の落ちようとしているときだった。往還に引いていた長い影が、地面へ吸い込まれるように消えた。大名屋敷の並ぶ武家地なら、もう人通りはない。街道なら、往来人が男も女も慌しく動いているときである。蠣殻町では、歩きながら耳を澄ませば、かすかに江戸湾の潮騒《しおさい》が聞こえてくる。あたりは急速に薄暗さを増す。

田沼家下屋敷の裏手にまわり、前回もそうであったように通用門の板戸を叩いた。顔を覗かせた中間《ちゅうげん》に、これも前回のごとく留守居に仲介を頼むと、すぐに留守居は勝手口まで出てきた。

意次は下屋敷に来ていなかった。

「きょうは上屋敷でござるが、おそらく一、両日中にはお越しになるはず」

留守居は言う。奉行所の同心だからではない。もとより留守居は龍之助と意次との間柄を知らないが、

（なにやら粗末には扱えぬお人）

これまでの龍之助の訪いから感じ取っている。

「お越しになれば、殿に申し上げたうえ、八丁堀か奉行所に遣いを出しましょうか」

とも言う。その表情は、噂にいう〝上様ご快癒〟が邸内にもたらす安堵とは逆に、緊張しているのが感じられた。

(やはり、なにかが推移している)

龍之助は感じ、つなぎを留守居に依頼し、提灯に火をもらって勝手口の板戸を外から閉めた。

松平家上屋敷の奥では、次席家老の犬垣伝左衛門があらぬ〝策〟を口走っていたころであろうか。

八丁堀の組屋敷で、思ったより早く帰ってきた龍之助に、

「まあまあ、微行はお近くでしたようで」

ウメが台所に火を入れ、夕餉の準備に入った。

「旦那さま。また、なにか事件をお抱えのようで」

表情から分かるのか、老僕の茂市が若い当主をいたわるように言った。抱えているのではなく、事件はこれから起ころうとしているのだ。

「ふむ」

龍之助は頷きを返した。

四

腰切半纏《こしきりばんてん》に三尺帯の左源太が八丁堀組屋敷の冠木門に勢いよく入ったのは、龍之助が蠣殻町に足を運んでから二日目、その日の秋晴れがようやく幕を閉じようかという時分だった。

龍之助は奉行所から茂市をともない帰ったばかりだった。刀を受け取ったウメが、まだ玄関の板敷きに立ったままである。左源太は神明町からそのころあいを見計らって顔を出したようだ。

「旦那！　いなさるかい」

「おう、どうしたい。もうすぐダラダラ祭りで、忙しいんじゃねえのかい」

龍之助は羽織をはずし、無腰の着流しで庭に面した廊下のほうを手で示し、

「お茶だ、ウメ」

「へへ、お茶一杯だけですかい」

左源太は遠慮もなく廊下のほうへまわり、龍之助と一緒に腰を据え、甲懸《こうがけ》の足を片方の膝に乗せた。龍之助は縁側に胡座《あぐら》を組んだ。庭の樹木が夕陽を名残《なごり》惜しそうに受

けとめている。

「で、神明町になにかあったのかい」

「あったというより、うるさいんでさあ、大松の弥五郎親分も伊三次の兄イもサ」

言いながら左源太は腕まくりをした。くつろぎを得たときの、左源太の仕草だ。黒い二本の線が入っている。

「しまっときねえ」

「あゝ、これですかい。すきにさせてくだせえ」

龍之助が言ったのへ、左源太は腕まくりをそのままに返し、

「ここ二、三日、巷《ちまた》でも噂がしきりでさあ」

「なにが」

「なにがって、将軍さまでさあ。お城のお偉方になにかあって、世の中ひっくり返《けえ》るんじゃねえかって。ところがなにがどう変わるのか、さっぱり分からねえ。そこで弥五郎親分も伊三次兄イも、八丁堀の旦那に訊きゃあなにか分かるんじゃねえかって。もうすぐダラダラ祭りでがしょ。それが例年どおりやれるのか、それともお上がなにか言ってくるのかって。それを探ってこいって寸法でさあ。千木筥の薄板削りで忙しいっていうのによ」

「祭りか。そりゃあ気になるだろうなあ。松平屋敷の米騒動の件もあるなあ。どんなことが起こるか……」

言われてみれば、龍之助も気になるところだ。

ウメが盆を運んできた。

「左源太さん、いつ見てもまるっきりの職人さんで、岡っ引らしくありませんねえ」

茶を淹《い》れながら言ったのへ、庭を掃いていた茂市が、

「それが一番いい岡っ引というもんだ。ねえ旦那さま」

「ふむ」

龍之助が肯是《こうぜ》の頷きを返したときである。

「えーっ、こちら、鬼頭さまでござんしょうか」

紺看板《こんかんばん》に梵天帯《ぼんてんおび》の中間《ちゅうげん》姿が冠木門を入ってきた。奉行所にそのような姿の小者はいない。みな奉行所の法被《はっぴ》を着ている。左源太は怪訝《けげん》な顔になり、腰切半纏の袖を下ろし、二本の線を隠した。龍之助は、

（蠣殻町から）

すぐに悟った。

中間は縁側の庭先にまわり、思ったとおり田沼家下屋敷の名を口にして、

「今宵殿さまが御成りになるゆえお越し願いたいと、さようにお留守居さまが」

「言っているのだな。分かった」

「一緒に、お連れしろと」

「そんなにか。ならばすぐ行く。そなた、さきに戻ってお留守居にそう告げておけ」

「へい」

「あ、お茶を」

田沼家下屋敷の中間は、ウメの声を尻目に冠木門を出た。龍之助は瞬時に決めていた。

(左源太にはいずれ……。ならば今宵、一緒に)

である。まだ怪訝そうにしている左源太へ、

「おめえの聞きたいことの一端が分かるかもしれねえ。出かけるぞ、ウメ。晩めしは遅くなる。左源太の分もな」

「えっ、いまから？　で、どこへ？」

胡坐の腰を上げた龍之助につられ左源太も庭に立ったが、怪訝そうな表情をいっそう深めていた。これには茂市もウメも、

「え、旦那さま。お帰りになったばかりなのに」

「田沼さまって？」

不可解さは同様だった。

「ともかく用向きができたのだ」

龍之助はもう玄関にまわっていた。左源太は解《げ》せぬ表情のまま庭先に待っている。折りたたんだ提灯《ちょうちん》を左源太に持たせ、冠木門を出た。足は東に向かった。蠣殻町の方向である。

「なんだか知りやせんが、御用の筋ですかい」

と、左源太はまだ怪訝な表情を崩さないまま、なにやら嬉しそうでもある。

「兄イ」

と、二人だけのときはそう呼ぶ。

「さっきネ、茂市さん。岡っ引らしくねえのが一番いい岡っ引って言ってくれやしたが、あっしゃあ兄イんとこへ来るときゃあ、いつも準備してまさあ」

「ほう。なにをだ」

「なにをって、ほれ。分銅縄《ふんどうなわ》でさあ」

「あゝ、あれか」

二尺（およそ六十糎《センチ》）から三尺（およそ一米《メートル》）くらいの縄の両端に、握りこぶしほどの石を結びつけたものである。猪《いのしし》や鹿の足に投げつけて昏倒《こんとう》させ仕留める得物で、左源太は甲州街道の小仏峠の山村に暮らしていたとき、子供のときからこれを得意技としていた。与力の田嶋重次郎と隠密同心の佐々岡佳兵太を仕留めたときには、この分銅縄が冴えを見せたものである。

「佐伯宗右衛門と向山俊介を深川で斃《たお》したときも持って行ってたんでやすが、投げる機会がなくって残念でやしたよ」

人通りのない武家地に歩を進めながら言う。

「贅沢《ぜいたく》を言うな。いまから行くところは、そんな物騒なところじゃねえ。まあ、用心に越したことはねえが」

「物騒じゃねえって？　田沼さまとか言ってやしたが。また、なんで？」

「おめえ、さっき言ってたじゃねえか。大松の連中にうるさいほど訊かれるって。だからそれを確かめに行くのさ」

「田沼さまのお屋敷へ？　で、なんで兄イがそんなお大名家に？」

「あはは、そのうち話そうよ。いまは、室井道場のころからのしがらみからと思っておけ」

「なるほど」

左源太はみょうに納得した。街道筋で無頼を張っていたころ、龍之助は芝四丁目の室井道場で鳴らし、鹿島新當流の免許皆伝を受け、道場の後継者とも目《もく》されていた。ならば門弟仲間を通じて大名家とつながりがあっても不思議はない。そう左源太は解したようだ。

足はすでに蠣殻町に入っている。右も左も、長い白壁である。秋の夕陽がいま落ちた。二日前に来たときとほぼおなじ時刻だ。

さきほど一人の武士とすれ違った。深めの網笠をかぶり、顔は見えなかった。さらに前方を二人の武士が歩いている。やはり似たような深めの網笠を頭に載せている。いずれも供は連れていない。武家地に武士……あたりまえの光景で、下級武士なら外出に挟箱持も伴わないだろう。他に人影はなく、ゆっくりと歩いている二人の背だけが視界にある。だが静かな往還で、見かける武士が笠をかぶって顔が見えないのは不気味にも感じる。龍之助は夕刻のことでもあり、

(笠はいるまい)

と、微行にはいつもかぶる塗笠は組屋敷に置いてきているのだ。

「どうもこんなとこ、あっしの性《しょう》に合いませんや」

「俺だってそうさ。おう、あそこの大きな門が田沼の下屋敷だ」

龍之助は前方を顎《あご》でしゃくり、

「ん？」

首をかしげた。前方の武士二人がちょうどいま、田沼邸の正門前を通り過ぎた。それらの両脇にはまだ白壁がつづいている。

その二人の挙措《きょそ》から、腑に落ちないものが感じられたのだ。ゆっくりと門前を過ぎた……それだけだった。感じたというより、不自然なものを見つけた……と言ったほうが当たっていようか。二人は視線だけを田沼邸の門にながし、そしていまも白壁に注視しながら歩をとっている。二人の武士の背から、それが感じられるのだ。

(中のようすを、想像しながら……)

思えば、さきほどすれ違った武士からもそれを感じた。だがそのときは、左源太と話し込んでおり、意にとめなかっただけのことだった。

「左源太」

「へえ」

不意に声を低めた龍之助に、左源太も低声を返した。

「おめえ、いますれ違った侍を尾《つ》けろ」

「えっ？」

「振り向くな。この界隈から離れるようだったら、尾行を打ち切って適当なところで引き返してこい。俺は前方の二人を尾ける。さあ、行け」

左源太は龍之助の言葉に首をかしげながらも、

「へえ」

きびすを返した。すれ違った武士は、いま白壁の角を曲がったところだった。左源太は甲懸の足を音もなく急がせた。かつて山中で獣《けもの》を追っていたのだ。身のこなしは素早い。

龍之助が視線を定めた二つの肩も、いま角を曲がって脇道に入った。いずれも、おなじ方向への角だった。心ノ臓が、若干《じゃっかん》高鳴るのを覚える。その方向……龍之助が二日前に通った、田沼邸の裏の通用門、つまり勝手口に通じる路地である。龍之助も曲がり、ふたたび二人の武士の背を捉《とら》えた。

（あの歩の進め方……かなりの手練《てだれ》）

気の所為《せい》ではない。実戦から編み出された鹿島新當流免許皆伝の目から、そう窺《うかが》えるのだ。狭い往還に、田沼邸の通用門がある。二人の足は瞬時、その前でとまった。笠の前をかすかに上げ、塀の高さも素早く目測したようだ。ふたたびゆっくりした歩調で進みだした。

（間違いない。屋敷の配置を探っている）

白壁のなかに入らずとも、およその配置を知るのは可能だ。大名屋敷というのは、いずこもおよそ構えは似ている。表、中奥、奥の三つに区分され、家士たちが政務を執っているのは〝表〟で、〝中奥〟は藩主が起居する殿舎で、〝奥〟は正室や子女たちの生活の場である。もちろんこの構造は上屋敷だが、下屋敷は母屋のほとんどが中奥となり、そこに御座《ござ》ノ間《ま》や御寝《ぎよしん》ノ間に風呂、雪隠《せっちん》があり、奥は台所となっている。そうした設計を知っている者なら、上屋敷でも下屋敷でも周囲を一巡しただけで、中のようすは見当がつく。それに調べずとも分かっているのは、下屋敷が殿さまの休息の場であれば人数が極端に少ないということである。得体の知れない武士たちが、塀の高さまで看《み》ていたのは、

（壁を乗り越える算段をしていた）

考えられなくもない。それからも、ときおり笠の前を上げていた。あたりは夕暮れようとしている。二つの背は、

（屋敷を一巡するように）

裏手にのびる路地の角をふたたび曲がった。龍之助は尾けた。

（いかん）

とっさに歩をとめ、退いた。曲がると、二つの笠の前方に、さきほどおもての往還ですれ違った武士の姿が見えたのだ。笠をかぶっているから、遠目でもすぐそれと分かる。迷った。おもてですれ違い、また裏手でもすれ違えば、不自然だ。しかも三人の網笠が仲間なら、尾行されていることに気づこう。

(左源太。任せるぞ)

心中に呟《つぶや》いた。左源太がすれ違うのは二人の武士である。二度目にはならない。龍之助は正門のある、おもての通りへ出た。秋の夕暮れはやはりつるべ落としか、もう薄暗くなりかけていた。

左源太が、龍之助のさっき出てきたのとおなじ枝道から出てきた。田沼邸を一巡したことになる。往還に目を凝らし、

「兄イ」

「ここだ。あの三人、どうだった。仲間のようであったか」

「あれ、兄イ。なんでそれが分かるので？」

往還の隅での立ち話になった。

「あの二人と一人、すれ違うとき、確かに頷き合っていやした。それに、二人のほうとすれ違ったときに感じたのですが、どう見ても白壁の中を気にしながら歩いてたよ

うでしたぜ。おかげで職人姿のあっしを気にもとめなかったみてえで。え、一人のほうですかい。角をこっちへは曲がらず、逆の堀割のほうへ向かいやしたぜ。そこで思い切って振り返ってみたのでさあ」

「ふむ」

「二人の奴ら、別の路地からでやすが、おんなじ堀割のほうへ曲がりやしたぜ」

北町奉行所のある呉服橋の近くで外濠《そとぼり》と分岐し、日本橋を経て江戸湾へ流れ込んでいる堀割である。

「もっと尾けて行きたかったんでやすが、あたりは暗くなってくるし、そんな時分に尾けていることに気づかれたんじゃまずいと思いやしてね」

「それでよい。やはりおめえ、一番の岡っ引だぜ」

「へへへ」

照れ笑いを見せる左源太に、

「行くぞ」

「へえ」

さきほどの枝道にまた入った。もう提灯に火が必要なほどとなっている。

「これで訪《おとな》いの用件が一つ増えたぞ」

「さっきの侍たちのことで？　いってえなんなんです、ありゃあ」

用心深く歩を踏みながら話している。

「なあ、左源太。これから会うお人はなあ、田沼家の殿さんだ。心せいよ」

「えっ。へへへ、殿さんネエ。どう心しやしょうかネエ」

一瞬左源太は驚いたが、やはり冗談だと思ったようだ。無理もない。町奉行所の同心が、将軍家側用人で老中、かつ五万七千石の殿さまに直接会うなど、天地がひっくり返るほどあり得ないことなのだ。だが、龍之助の口調は真剣だった。

「室井道場のときからの……、ちょいとワケありでなあ、あそこの殿さんとは」

「ほ、ほ、ほんとうで？」

左源太はようやく冗談でないことを察したようだ。

「あゝ」

龍之助の短い返事に、

「ゲェ！」

足を硬直させた。

そこはもう通用門の板戸の前だった。龍之助は軽く叩いた。待っていたように、すぐ開いた。火の入った提灯をかざし顔をのぞかせたのは、夕刻近くに八丁堀の組屋敷に来た中間だった。

「ささ、なかへ。しばらくお待ちを」

中間は二人を中へ招じ入れ、母屋のほうへ走った。待つあいだ、

「兄イ、どういうことなんで!?　それにいったい、あっしはどうすりゃあ」

「だから心せよと」

「そ、そう言われやしても」

話しているうちに、下屋敷とはいえ大名家である。裏庭も広い。植込みと思われる向こうに提灯の灯りが見え、近づいてきたのは、いつも龍之助に応対している留守居役である。といっても左源太は初対面だが……。

「これは龍之助どの。殿がお待ちじゃ」

「いつも世話になります」

龍之助は留守居の背後に従った。

暗闇から出てきたのが中間ではなく歴とした武士であり、そのうえ龍之助が〝いつも〟などと言ったのへ左源太はあらためて驚き、身をこわばらせた。

(兄イはいってえ、何者!)

と、心ノ臓も高鳴らせていよう。

「どうした。ついてこい」

「へ、へい」

「誰ですかの」

「それがしの使っている岡っ引でござる。今宵はそれがしにいささか理由《わけ》あってのことゆえ、そうお心得ありたい」

留守居の問いに、龍之助は左源太には聞きなれぬ武士言葉で応じた。龍之助の言う〝理由〟とは、さきほどの不審な武士たちのことであろう。

「ふむ」

留守居は頷き、そのまま母屋に向かった。

明かりが見える。雨戸が二枚ほど開いている。そこに人影も……。

五

さきほどから、左源太には驚天動地の出来事ばかりである。龍之助から五万七千石の大名に引き合わされ、

「ほうそなたの手先とな。ふむ。面《おもて》を上げよ」

至近距離で、しかも直《じか》に声をかけられ、

「うへーっ」

地べたに這いつくばり、そのまま身動きもできない。田沼意次は灯りを背に縁側へ中腰となり、龍之助は敷石の上に片膝をつき、その背後が左源太である。面を伏せ、声ばかりが聞こえてくる。夜風がいくらか吹いているが、それがまるで雲の上にいるような感覚を左源太に及ぼしている。留守居はいずれかへ遠慮したか、案内のあと姿が見えない。意次は龍之助が来たとき、ただでさえ人の少ない下屋敷のなかで、さらに周囲から家臣も侍女も遠ざけている。いまそこに騒ぎが起こっても、広い邸内である。気づく者はいないかもしれない。

龍之助は冒頭から、

「さきほどここへまいりますとき……」

網笠の武士三人の話をはじめた。

「ふむ、さようか。どうやら、儂《わし》を狙う者がおるようだのう。詮無《せんな》いことよ、ふふふ」

龍之助が話し終えると、意次はかすかに笑みを浮かべ、

「そなたは町方じゃ。奉行所や巷間《こうかん》のようすはどのようかのう」

話題を変えた。これを訊くために、意次は龍之助を呼んだのだ。龍之助はここ数日のようすを有態《ありてい》に話し、

「して、上様にはご快癒あそばされていると申されるは、真実《まこと》にございましょうや」

龍之助の訊きたかったことを舌頭に乗せた。

「ふふふ」

意次は力なく嗤《わら》い、

「言うても詮無いこと」

さきほどの不逞武士たちの話に対するのとおなじ言葉を口にした。

(なにかが秘められている)

龍之助は感じざるを得なかった。

意次はさらに言った。

「いま一度とは思っておるのだが。そなたにはまだ、それらしきことをなに一つしてやっておらぬ故《ゆえ》のう」

背後にうずくまる左源太には、

(いってえ、兄イは……)

ますます思えてくる。

思いながら、

「ん?」

このとき初めて背に神経を向けた。かつて山中で獣を追ったときの感覚である。

それは龍之助も同時であった。

「うっ」

呻きだけで、あとは黙した。

「兄イ、いえ、旦那!」

そこに左源太が応じ、うずくまった姿勢はそのままに、感覚だけで背後を探るように低声を地面に這わせた。

「うむ」

龍之助は意次に向けた身を動かさず、返事だけを背後に返した。

廊下からの灯りに浮かぶそれらのようすに、意次も異常を感じたか、

「いかがした」

「はっ。庭に、どなたか人を配しておいでででございましょうや」

「いや。さようなことは」

中腰のまま意次は背を伸ばそうとする。

「そのまま、話しているようにお振る舞いくだされ」

龍之助は意次に視線を向けたままである。だが、神経はいま背後の暗い植込みのほうへ注いでいる。左源太はすでに、うずくまるというより身をかがめた姿勢で、腰切半纏のふところに手を入れていた。分銅縄をたぐり、即座に打てるよう石の部分をたぐり寄せているのだ。

「庭先に、人の気配が……しかも、数名」

「なに？　不審の気配であるか」

「おそらく」

龍之助の目を受けながら、意次は視線だけを植込みのほうへ向けた。遠目には、なんの変化もないように映ったことだろう。

(迂闊《うかつ》だったか)

思いが、ふと龍之助の脳裡をよぎった。

さきほど、通用門の板戸を開けた中間は、そのまま庭先を奥へ走り、出てきた留守居は龍之助をいざなっただけで、板戸に手はかけていない。左源太がつづいて板戸を入っている。龍之助は、板戸の錠である小栈《こざる》に触れていない。

顔を意次に向けたまま、

「左源太、板戸の小桟は」

「あっ」

左源太は板戸を閉めたものの、小桟までは降ろさなかったことに気づいた。不手際ではない。客なのだ。中間や留守居にしても、客が帰ったのではない。秘密めいた指示でもない限り、泊まりでない訪問者を招き入れたあと錠を降ろすなど、通常ではしない。

（いや。かえって好都合）

龍之助の脳裡は、逆の発想を展開していた。

龍之助と左源太が薄い月明かりの中、田沼邸通用門の内側に消えたあとだった。往還に三つの影が滲《にじ》み出た。再度の下調べか、それともそのまま押し入るつもりなのか、それは当人たちにしか分からない。ただ三人とも網笠ではなく、袴《はかま》も動きが自在な絞り袴に替え、着物も袖口のせまい筒袖《つつそで》を着込んでいた。これで覆面でもすれば、さながら忍び装束となろう。さらに通用門に人がいて耳を澄ませたなら、三人の話し声も聞こえていたろう。

「入れるのはここしかない。小桟を切り落とすすき間があるかどうか確かめておけ」

「承知」

差配であろう。言ったのへもう一人が素早く応じ、板戸に身を寄せた。統率がとれ、所作もきびきびしている。相応の訓練を受けている武士たちと思われる。

「あっ、開いております」

「なに？」

声に、差配が歩み寄り、板戸を手で押した。

開いた。

「無用心な」

「入ってみよう」

「したが、屋内はまだ寝込んでおりますまい」

「うーむ」

思案しているようだ。だが、それはほんの瞬間だった。

「中間が気づいて閉めに来るやも知れぬ。この機に裏庭へ忍んでおこう」

「承知」

「行くぞ」

「はい」

薄月夜の往還から、人影は消えた。

三人は植込みのあいだに身をかがめ、這うように進んだ。中間が小桟を降ろしに来るのを警戒し、事前に母屋の縁の下にでももぐり込んでおく算段か、

「おっ」

一人の声に、それらの動きがとまった。縁側に、明かりが洩れているのへ気づいたのだ。人影も見える。

龍之助の逆発想はそこにあった。

(むしろあの三人が板戸の開くのに気づけば、いまここへ誘い込むことができるかもしれぬ)

まさに事態はそうなっている。

「近づくぞ」

三人組の差配は言った。

「したが、危険では」

「あの縁側の影が、狙いのお人かもしれぬ。確かめよう」

「承知」

三人は縁側の明かりに向かい、地を這った。

左源太の感覚がピクリと動いたのは、このときである。

忍び込んだ三人の武士は、縁側に浮かぶのは一人で、敷石にもう一人……配置から主従と看《み》たてであろう。さらに背後に身をかがめているのは、

(下僕)

ようすから看て取れる。

縁側と敷石の者はまだなにやら話し込み、下僕も動かない。

(われらに気づいたようすはない)

だが、縁側に中腰になっている人物は、三人の武士たちから正面に見えるが、明かりを背にしているため人型の影にしか見えず、顔など目鼻の別さえ見分けられない。

「時を待つぞ」

「承知」

「はっ」

差配の判断は妥当だ。雨戸の向こうに待機の武士が幾人いるか知れない。縁側のこのあとの動きに、

(即応する)

その動きは……予測できる。主従の関係から、話が終われば雨戸は閉じられ、敷石

の者は下僕をともなって庭を玄関口のほうへ向かうだろう。そこを、

（瞬時に音を立てず襲う）

三人の呼吸はピタリと合っている。差配の武士は、息だけの声を地に這わせた。

「下僕は斬って捨てよ。敷石の者は生け捕りにする」

分担も決められた。

「はっ」

返した声も、息だけであった。

生け捕りにした者から、屋内の配置を聞き出そうという策だ。

（なにもかもがうまくいきそうな。板戸の小桟、天が招じ入れてくれたもの）

思えばそう思える。三人の武士は息を殺し、このあとの場面を想像しながら時の経つのに身をゆだねた。

風が吹き、植込みに葉の揺れる音が立つ。

「旦那さま」

左源太は畏《かしこ》まった口調をつくった。

「背後は、こちらを凝《じ》っと探っておるようです。一人ではなく、三、四人かも」

「ふむ」

龍之助は顔を縁側の意次に向けたまま返した。左源太は、樹間に潜むわずかな獣の動きも見逃さない感覚を持っている。その手はすでに、いつでも打てるように分銅縄の石を握り締めていた。

「さように近くまで来ておるのか」

「なりませぬ！」

また首を伸ばそうとする意次へ龍之助は叱責するような口調をかぶせ、

「ちち、うえ。それがしに手立てがございます。お聞き願わしゅう」

「ふむ」

さすがに年の功か、意次は自分に刺客の迫ったのを感じながらも、中腰の身を崩さないまま頷きを返し、

「したが、騒ぎはいかぬぞ。聞け、龍之助よ」

縁側での話はつづいた。そのようすは見えるだけで、むろん声は聞こえない。地に張りつく三人の武士は、雨戸が閉まるのをひたすら待っている。

「なんでございましょう」

龍之助は身を乗り出した。意次は言う。

「政事《まつりごと》を司《つかさど》る者はのう、常に護りに徹しなければならぬ。世の平《たいら》なることを願《ねが》う

てのう。さよう護りがあってこそ、攻める力も得られるのじゃ。事を仕掛けられても、何事もなかったように収めるのが肝要じゃ。もっとも、これは至難の業《わざ》じゃが」

　言葉はつづいた。

「家臣が忠義とはいえ、暴走してもならぬ。深川の富岡八幡宮で松平どのの家臣が二人殺害されたと聞いたとき、肝を冷やしたぞ。わが家臣の仕業にあらずやと。だとすれば、事を複雑にするばかりゆえのう。さいわい、そうではなかったゆえ、胸を撫で下ろした。その庭先に潜んでおる者、出自《しゅつじ》はおよそ見当がつく。なれど詮索は無用。ただ追い返せばよい。捕えること罷《まか》りならぬ。むろん殺害することもじゃ。かつ、屋敷の誰もが気づかぬごとく、速《すみ》やかにじゃ。できるか」

「むむっ」

「どうじゃ……」

「御意《ぎょい》」

　応《こた》えるのに、いくぶんの間を要した。龍之助の脳裡は、

（せめて一人を生け捕る）

　算段をめぐらしていたのだ。斬り殺すより困難だが、左源太の分銅縄があれば、

（できる）

策なのだ。

「どうじゃ」

「はっ」

龍之助は返した。

「よし。なれば申してみよ、いま儂のすべきことを。いかがすればよいか」

中腰の意次は、いつでも動ける構えをとっている。

「おっ、動くぞ」

薄月夜の庭先に、また息だけの声が地を這った。

六

三人の武士たちからは見える。縁側の人物が腰を上げた。

この〝時〟が案外早く来たか、あるいは待ちくたびれ苛立《いらだ》っていたかは三人三様であろう。ともかく舞台は、静から動に移ろうとしているのだ。その刹那《せつな》だった。思いもよらぬ光景を三人は目にした。

立ち上がった意次が雨戸の陰に消えたのと同時だった。

「打て」

龍之助は石畳に片膝をついたまま振り返った。

「へいっ」

左源太は身を返し、立ち上がるのとふところから取り出した分銅縄を右手で大きく振り回すのが同時だった。つぎの瞬間に分銅縄は手を離れ、生きた蛇のごとく三人の方向へ風を切った。左源太はさきほど以来、神経を背後に集中し、人の気息《きそく》の方向におよその見当をつけていた。

――シュルッ
礫《つぶて》が地面をこすった。三人の武士に、その正体は分からない。察したのはなにやらが飛来する気配と音のみである。そのなかの一人だった。

「うぐっ……うわわわ」

肩を打たれ腕になにやらが、からみついたのだ。

「ど、どうしたっ」

かたわらの一人が言うのと龍之助が立ち上がり、抜刀するのが同時だった。三人はなにが起こったかも分からぬまま、その前方の動きを目にした。

「そこの者ら！　お見通しぞっ」

同時にまた、浴びせかけられた声に驚愕した。

事態を把握するよりも、暗殺を意図した隠密行のすでに破綻《はたん》したことを、本能的に悟った。

「左源太、二打っ」

「へいっ」

分銅縄が再度飛翔《ひしょう》した。動く影を確認してからの打ち込みである。

「うあっ」

一人が声を上げ、のたうつ動作を見せた。両端に石塊を結んだ縄が、首に巻きついたのだ。必死に剝がそうとする。

「引けっ」

「逃がさぬ！」

龍之助は踏み込んだ。このとき影が三つであることを初めて確認した。

一人が転んだ。首に分銅縄を巻きつけた武士のようだ。転びながらも這い、首ののを振りほどいて立ち上がり、二つの影を追った。通用門の方向である。

「何奴《なにやつ》ぞっ」

龍之助は最後の一人に速さを合わせた。左源太は三打目の分銅縄を振り回しながら龍之助のあとを走った。

三人はわれ先にと通用門をくぐり出た。

「兄イッ」

左源太は龍之助に追いついた。板戸は開け放されたままである。

「三人でござんしたねえ。二人ぐらいならとっ捕まえることはできやしたのに」

「それを言うな。御前がそうしろと」

「あの御前？」

左源太がなにやら言おうとしたとき、

「いかが召された」

龕燈《がんどう》を手にした武士が一人、母屋のほうから走ってきた。留守居だ。

「おゝ、これはお留守居。ちと怪しき影を見たもので」

「えっ、怪しき？　あ、通用門が！」

留守居が龕燈で外を照らそうとするのへ、

「待たれよっ」

龍之助は引きとめ、身をかがめ抜刀のまま板戸を飛び出るなり腰を落とし、周囲に気を配った。門の外に潜んでいる場合も考えられたのだ。迂闊に龕燈を外へ出そうものなら、即座に手首を切断されたかもしれない。

「もう別状ないようでござる」

龍之助は往還で腰を伸ばし、刀を鞘《さや》に収めた。

「いったい何事が起こったのでござる」

留守居も往還に出てあたりを照らした。龕燈は蠟燭《ろうそく》の火が直接及ぶから、紙で覆った提灯より数段明るい。

「逃げ足の早いやつらで」

左源太もつづいて出てきた。

「留守居どの。もう済みもうした。われらはこれで帰宅いたしまする。殿によしなにお伝えくだされ」

ほかにも気づいた家臣がいて庭に出てきたとしても、留守居が奥向きの来客を通用門まで見送ったようにしか見えないだろう。

「そう申されても、それがしには何がなにやら分かりませぬわい。いったい何がありましたのか。かかるようす、尋常とは思えませぬが」

「いや、留守居どの。これが殿の思《おぼ》し召しでもござれば。さあ、左源太。引き揚げるぞ。龕燈から提灯に火をもらえ」

これには左源太も

「旦那ア」

不満を覚えた。だが、龍之助は悠然と暗い路地に歩を進めた。留守居も、それが殿の〝思し召し〟と言われたのでは引き下がらざるを得ない。あすの朝になれば、留守居は分銅縄の庭に落ちているのを見つけ、意次にかようなものがと見せるであろう。意次は一連の動きに目を凝らしていたが仔細は分からない。分銅縄を見てようやく得心し、縄で石塊を結んだだけの得物に、頬をほころばせることだろう。

幸橋御門内の松平屋敷では、次席家老の犬垣伝左衛門が今宵、放った三人の刺客が戻るのを寝もやらず待っていることであろう。その三人はいま、いずれかで忍び装束を捨て提灯の火もなく意気消沈し、憮然《ぶぜん》と帰途についているはずだ。

「三人ともうまく逃げ果《おお》せたのはさいわいだったのう」

刺客たちは言っているかもしれない。

龍之助と左源太も八丁堀への帰路についている。提灯の灯りがある。

「おめえの感覚も大《てえ》したもんだなあ。あの暗さのなかで狙い違《たが》わずとは」

「兄イ。あの殿さん……兄イのことを……」

「策がうまくいったのは、おめえの分銅縄のおかげだぜ」

「いってえ兄イと、どういう……」

「きょうのおめえ、大手柄だぜ」

蠣殻町から八丁堀までの道のりはそう遠くない。ぶら提灯を手にしきりに訊こうとする左源太を、龍之助は懸命にかわしている。もとより龍之助は、左源太の訊こうとしている内容は分かっている。

また夜風が吹いた。かすかに潮の香をのせている。

「…………」

沈黙のなかに数歩踏み、

「なあ、左源太」

「へえ」

意を決したように言う龍之助に左源太は返した。龍之助は言った。

「田沼意次ってえ殿さんなあ。俺の親父《おやじ》なのだ、実の」

「ゲエッ」

左源太は歩をとめ、また提灯の揺れに二人の影が動いた。

「そのまま歩け」

「へえ」

ふたたび歩きだした。田沼意次が出世街道に乗りはじめたころ、行儀見習いで田沼屋敷に奉公していた町娘に産ませた子が自分で、母の実家は室町の乾物問屋・浜野屋であることなどを、龍之助は話した。

——父上の出世のため
母は龍之助を連れ屋敷を出て芝二丁目に住み、田沼のことは母の死までまったく知らなかったことも、むろん話した。

「ですが兄イ」

「おめえが島送りになったとき、わずか半年で戻って来られたのは、そんな背景があったからよ」

「へえ、さようで」

思えば、左源太には一つ一つに納得がいく。芝二丁目の町家に住みながらも芝四丁目の室井道場へ通い、町人か武家か分からぬ生活《たつき》を過ごしていたし、室町の浜野屋では龍之助は下へも置かぬ扱いなのだ。

「ですが、兄イ……なんで……？」

左源太の脳裡は、なにを訊いていいか惑乱している。心ノ臓も高鳴る。いま一緒に歩いている龍之助は、相良藩五万七千石の若君なのだ。

龍之助はまた、左源太がいま最も訊きたがっていることを解していた。

答えた。

「室井道場の玄威斎《げんいさい》先生なあ、おめえも知っているだろ」

「へえ。お顔だけは」

「その玄威斎先生が俺に言われたのさ」

「なんて」

——己《おのれ》を生きよ
玄威斎は常に龍之助を諭《さと》していた。

「だ、だったら、兄イはいまのままで⁉」

「そうさ。町奉行所の同心たあ、おもしれえじゃねえか」

「ならばあっしはこれからも、その岡っ引で⁉」

「あゝ、一番の岡っ引さ」

「兄イ！」

左源太はまた提灯を激しく揺らし、足をとめた。

「歩けよ」

「へえ」

二人の足はもう八丁堀の往還を踏んでいた。

「兄イ、兄イ」

「なんだ」

「お甲でさあ」

龍之助の女隠密岡っ引である。

「それもそうだなあ。おめえに話して、お甲に伏せていたとなりゃあ、どこから手裏剣が飛んでくるかもしれねえ。こいつは恐ろしいぞ」

「もっともで」

「おめえから話しておいてくれ。ただし、お甲にだけだぞ。他言は一切……」

「無用……分かってまさあ」

大松の弥五郎にも、もちろん深川の万造にも……である。奉行所にもそれを知る者は、奉行の曲淵甲斐守を含め誰一人としていないのだ。

組屋敷の冠木門が、すぐ前方に黒く浮かんでいる。

「今宵なあ、泊まっていけ」

「へえ」

左源太は返し、暗い門内に歩をとった。

「旦那さまーの、お帰《つ》りーっ」

屋内に、灯りは点いていた。

七

「あるじどのはおいでかな」

龍之助が街道の宇田川町で脇道に入り、甲州屋の暖簾を頭で分けたのは、つぎの日の午過《ひるす》ぎだった。きのうにつづく訪いであり、店の者は番頭から丁稚にいたるまで、この同心がいわゆる〝厄介《やっかい》〟な存在ではなく、あるじ右左次郎の大事な〝仲間〟であることを心得ている。伺いを立てるまでもなく、

「いまおります。ささ、どうぞ」

番頭はすぐ廊下の奥へいざなった。

午前中、奉行所のなかで聞き耳を立てていたが、

（なにやら不気味に平穏）

であることに変わりはなかった。

（ならば松平屋敷は……）

と、微行に出たのだ。

奥の部屋である。

「やはりなにかが、激しく動いているのでございましょうか。はい、分かりました。きょうこれからでも幸橋御門に行ってまいりましょう。次席家老の犬垣さまなら、手前どもが行けばすぐ会ってくださいましょうから」

右左次郎はその場で番頭を呼び、外出を伝えるとともに丁稚一人に供を命じた。

「――きょうの松平屋敷のようすを見てきてくれぬか」

龍之助は理由を言わず、甲州屋右左次郎に依頼したのだ。

ふたたびおもてに出た。往来人も町駕籠も大八車も、相変らずせわしなく動き、足元に土ぼこりを上げている。そこへ警護の侍に腰元や挟箱持など、十数人の供を従えた四枚肩《しまいかた》の女乗物が通った。挟箱の家紋を見ると、愛宕山下の大名小路に屋敷を置く大名家のものだった。

（松平派か田沼派か……権門では奥方まで動いてござるのか）

勝手に勘ぐりながら、龍之助は往還の脇へ寄って乗物の供先《ともさき》を避けた。

足は茶店の紅亭の前にさしかかった。神明町の通りに雪駄が向きかけたが、すぐ街道に戻し、そのまま通り過ぎた。けさ早く左源太は八丁堀から帰った。もうお甲の耳に入っているだろう。

「――おい、お甲。耳を貸せ、えりゃーことだで、腰抜かすなや」

話したようすが、目に浮かぶ。お甲は左源太以上に驚愕したことだろう。そのお甲の前に、五万七千石の〝若様〟の面《つら》を出すのが、

（ちょいと照れくさい）

思いがしたのだ。

街道筋だけをゆるりと微行し、呉服橋御門内の北町奉行所に戻った。緊迫した、非常時の雰囲気ではまるでない。

門番の小者が母屋の同心溜りへ来客を告げに来たのは、そろそろ帰り支度でもしようかといった時分だった。甲州屋右左次郎だ。やおら長屋門の同心詰所へ龍之助は腰を上げた。

「変わったようすはございませんで。きのうはなにか緊張気味を見せておられた次席家老の犬垣さまにも変わったところはなく……ただ、不機嫌というか、意気消沈しておられたごようすで。なにかお心当たりでも？」

部屋の隅で、逆に右左次郎から問われた。

「いや、なんでもない」

龍之助は返したが、

(親仁《おやじ》どのの望みどおり、おもて向きの平穏は保てたか)

左源太にすぐにでも話したい気分になった。

この時刻、緊急でもない限り同心詰所に待っている者はない。それでも龍之助と右左次郎が低声になるのは、

(自分たちもなにやらを探っている)

思いがあるからだろう。

「鬼頭さま」

「ふん?」

「まだ分かりませぬか。このモヤモヤしたものの原因は? お城じゃ上様がご快癒に向かわれたというに」

「ほう。その噂なら奉行所にもながれておるがのう。モヤモヤはその所為《せい》だろ」

龍之助は他人事のように返した。

「さようでございますか」

右左次郎は得心した。

「奉行所はいま、のんびりというか、落ち着いておいでございますなあ」

奉行所の門をくぐっただけでも、甲州屋右左次郎は感じ取っていたのだ。そのモヤモヤが、確かにながれていることへの得心である。

その奉行所に、

「一同、よろしく待機あるべし」

奉行の曲淵甲斐守より、上は与力から下は庭掃除の小者にいたるまでお達しがあったのは、それより三日後のことであった。

三　女掏摸《すり》の背後

一

そのお達しがあったのは、同心たちの朝の出仕と同時だった。

——与力から端《はした》小者にいたるまで、待機あるべし
正門脇の同心詰所には、留め置かれた同心の下男たちが群れている。

「また一斉の市中見廻りですかいのう」

「それにしてもここんとこ、お上《かみ》の動きが分かりませんなあ」

それぞれ挟箱《はさみばこ》をかたわらに、一様に不安を隠していない。そのなかに茂市《もいち》もいる。

もちろん奥の同心溜りでも、それはおなじである。

「柳営《りゅうえい》（幕府）の動きが、これではっきりしましょうかな」

「さよう。上様のご容態がのう」

緊迫の空気がただよっている。奉行所に限らず、幕臣から大名家にいたるまで、関心は第十代家治《いえはる》将軍の容態と、そのときの〝次〟であった。

この日、天明六年（一七八六）葉月《はづき》（八月）二十六日であった。

「お奉行さまー、お戻りーっ」

太陽はまださほど昇っていない。先触れが正門を駆け込んだ。奉行所内に緊張が走る。奉行の曲淵《まがりぶち》甲斐守《かいのかみ》は裃《かみしも》をつけ騎馬で、与力の平野《ひらの》準一郎《じゅんいちろう》がおなじく騎馬に裃で従っている。ほかに従者は曲淵家の用人や奉行所の小者など十数名で、早朝の登城であったため呼集が間に合わなかったのか、他の与力たちはいずれも奉行所に待機していた。

一行の挙措《きょそ》が、奉行の動作を反映してか落ち着きがなく慌しい。奉行は玄関や廊下に出迎える与力や同心たちの前をそそくさと通り過ぎた。

すぐであった。奥の内寄合《うちよりあい》座敷より与力たちに召集がかかった。

奉行がいかなる議を舌頭に乗せ、どのような下知《げじ》をしているのか、同心溜りでは固《かた》唾《ず》を呑む思いである。

「上様ご快癒と聞いておるが。まさか……が、あったのかのう」

「しっ、滅多なことを」

 つい口にした者を、かたわらの同僚がたしなめていた。

龍之助は黙したまま待った。〝上様ご快癒〟を信じているわけではない。

(そう言わねばならない事態)

も想定できる。蠣殻町《かきがらちょう》の田沼家下屋敷で松平の刺客を押し返した日、意次《おきつぐ》の表情や口調から、むしろその懸念を強めている。

廊下のほうが慌しくなった。同心溜りは緊張のなかに静まった。与力の平野準一郎が入ってきた。

言葉は少なかった。

「これより、平装にて各自の持ち場を巡り、市中の平穏なるを確かめよ。わずかでも通常に見ぬ動きあらば速《すみ》やかに善処し、報告あるべし」

市中一斉町廻りである。出役《しゅつやく》なら鎖帷子《くさりかたびら》を着込み、籠手《こて》に脛当《すねあて》、鎖の入った鉢巻に白木綿の襷《たすき》といった出《い》で立ちになるが、平野与力はわざわざ〝平装〟を強調した。挟箱を持った小者を従え、着流しに雪駄での市中廻りだ。柳営よりいかなる噂がながれようと、人心の安定を招来する効果がある。

同心には〝風烈廻《ふうれつまわ》り〟という役務があった。風の激しい日、火の用心とともに不審者が跋扈《ばっこ》しないか、挟箱持や奉行所の小者数名を連れ受持ちの市中を見廻り、それは昼夜にまたがり、かなりの激務といえた。だが、きょうは日の出より秋空で、さわやかな風である。柳営に、目に見えぬ〝風烈〟が、

「吹きはじめたのかのう」

　ささやきが洩れ、同心らは腰を上げた。

「平野さま」

龍之助《たつのすけ》は、部屋を出ようとする平野準一郎を呼びとめた。平野は与力の家に生まれながらも次男の部屋住であったため、八丁堀を飛び出し市井《しせい》で放蕩していた経歴がある。兄の急死で家を継いだのだが、町の無頼に詳しい点では龍之助と似ている。つまり四十がらみの、世の酸《す》いも甘いも知る与力である。

「いかがいたした。なにか訊きたそうな顔だが」

　廊下の隅で平野与力は低声《こごえ》で応じ、

「もとよりわしは、お奉行と一緒に柳営の奥に入ったわけではない。おもてで待っていただけだが」

　平野与力は龍之助の問いに前置きし、

「どうやら、ご快癒は一時の方便で、おそらく……」

言葉を濁した。城中で待っているあいだにも平野準一郎は聞き耳を立て、感じ取るものがあったのだろう。

「おそらく……」

と、また念を押し、

「さあ、いまは市中見廻りが肝要。遅れをとるな」

急ぐように奥のほうへ向かった。


おなじ時分であった。幸橋御門内の松平家上屋敷の中奥にも、緊張の糸が張られていた。藩主の松平定信《さだのぶ》を中心に、部屋の顔ぶれは田沼意次に刺客を放ったときとおなじ、筆頭家老に犬垣伝左衛門ら次席家老二人であった。

「相違ありませぬ」

「むむっ。意次、われらを謀《たばか》りおったのか」

筆頭家老の確信を持った言に、年行《とし》き二十八歳とまだ若い定信は、甲高《かんだか》い声とともにこめかみの血筋を激しく動かした。

定信が次席家老・犬垣伝左衛門の言を容《い》れ、田沼意次へ刺客を放つのを黙認したのは、〝上様ご快癒〟の噂に、これ以上田沼意次の権勢がつづくのへ我慢がならなかったからである。

きのうのことである。夕刻に近かった。にわかに柳営は慌しくなり、流言蜚語《りゅうげんひご》は一切禁じられた。だからいっそう、それはながれた。

——上様が身罷《みまか》られたらしい
春ごろに水腫《すいしゅ》を患《わずら》い、これまで幾度も〝快癒〟と〝悪化〟の噂がながれ、市中にまで流布《るふ》された挙句《あげく》の、この日の流言であった。もちろん、柳営が公式に発表したのではない。逆に、伏せている。

白河藩松平家は幕政から遠ざけられているものの、しかし当然、柳営奥深くに耳を持っている。噂は幸橋御門内に伝えられ、一晩かけて、

「秘かに喪に服する用意に入った由《よし》にござれば……」

筆頭家老は、家治将軍の死が間違いないことを、藩主・定信に告げたのである。

午過《ひるす》ぎとなっていた。

「なんなんですかねえ。ダラダラ祭りが目の前に迫っているというのに、そのための見廻りですかい。だったら大松《だいまつ》の親分に任せときゃいいのに」

左源太《さげんた》が先頭に立っている。千木筥《ちぎばこ》の薄板削りに大わらわのところを駆り出され、

不機嫌なようだ。

　同心の定町廻りには、土地の岡っ引が案内役に立つ。どの町の岡っ引にとってもこの道案内は、住人たちに自分と同心とのつながりを見せつける格好の舞台である。この日は股引《ももひき》に着流しの裾《すそ》をちょいと尻端折《しりばしより》にし、長めの半纏《はんてん》などを着込んで途中まで迎えに出て、

「へいっ、こちらでござんす」

　と、毎回決まった道順の案内に立つ。神明町は当然、左源太である。奉行所の小者から急な知らせがあって、街道の茶店の紅亭《べにてい》の前まで迎えに出た。腰切半纏に三尺帯の、薄板削りの仕事中そのままの格好だ。左源太には、他の岡っ引のようにお上を笠に肩で風を切って町を闊歩《かっぽ》しようなどの思いはまったくない。龍之助の配下でいることが、たまらなく嬉しいだけなのだ。だから迷惑なときには、露骨にそれが表情にも出る。

「ははは、左源太よ。立ち回りがないからといって、そう不機嫌な面《つら》するねえ。おめえが大松の弥五郎《やごろう》たちに訊かれて知りたがっていたことよ。その一環だと思いねえ。きょうの急な町廻りはよう」

「えっ、なんか深い理由《わけ》でも？」

背後に挟箱を担いだ茂市が従い、そのうしろに六尺棒の捕方が二人ついている。茶店の紅亭の軒端《のきば》に台を出している占い信兵衛《しんべえ》が、

「おや、旦那。きょうは見廻りですかね」

「あゝ、おまえさんも精出しな」

商売用の皺《しわ》枯《が》れた声をかけてきたのへ返し、ふたたび左源太に、

「きょうは一度、奉行所に戻らねばならん。それからまたここへ来ようか。そのように大松の弥五郎に言っておきな」

「へえ。割烹の紅亭でござんすね。お甲《こう》も喜びまさあ」

話しながら参詣人たちのあいだにゆっくりと歩を進め、自身番では一行を外に待たせ、中に入って詰めていた町役《ちょうやく》たちに、

「祭りの準備は進んでいるかい」

声をかけ、

「場合によっちゃ、派手に神輿《みこし》ぶりなどできなくなるかもしれねえ。一応、心にとめておきな」

「えっ、ならば……やっぱり」

町役は町の地主や大店《おおだな》のあるじたちで、人別帳の管理など日々の行政はむろん、祭

りともなれば運営の中心となる、町の旦那衆だ。これまで錯綜する噂に〝喪〟の一字を念頭に浮かべ、翻弄されてきたのだ。そこに奉行所の同心が、

(……かもしれない)

口にしたのだ。

「えっ、えぇえ？」

「そりゃあ、まっことで!?」

三人いた町役も、町に雇われている書役《かきやく》二人も声を上げた。無理もない。すでに進めている祭りの準備を、根底から練り直さなければならないのだ。

「まことかどうか、いまは心せよとしか言いようがねえ。ともかく、新しいことが分かりゃあ、まっさきに知らせてやらあ」

伝法な口調は、自分自身に対するものであった。定町廻りの体裁をととのえ、奉行所を出るとき、

(蠣殻町へ)

思った。だが、

(きのう死去なら、当分下屋敷で骨休めをする余裕など)

田沼意次にあろうはずはない。

　龍之助は、不安げな表情を見せる町役たちを背に神明町を一巡し、ふたたび街道に出て浜松町へ入ると、つぎの岡っ引が長めの半纏を着込んで待っている。

「旦那。あっしはここで」

　左源太に縄張意識などなく、岡っ引同士の付き合いもない。大きな声で言うと、

「兄イ、石段下の紅亭で待ってますさあ」

　耳元にささやいた。

　龍之助が浜松町界隈も一巡し、呉服橋御門内の奉行所に戻ったのは、陽が落ちかけた暮れ六ツ時分だった。三々五々に他の同僚たちも戻ってきた。

「変わったことはなにもござらなんだ。そちらは？」

「あゝ、こっちもだ。もしもの事態があっても、町家はなにも変わるまいて」

　互いにようすを話し合っている。

「貴公のほうは？」

「心配でしてなあ。なにしろダラダラ祭りが目前ですからなあ」

　龍之助は同僚の問いに応え、

「ほっ。そうじゃった、そうじゃった。神明宮だったのう」

　周囲から同情する目を集めた。

二

陽は落ち、街道沿いの茶店の紅亭はとっくに暖簾《のれん》を下ろしていたが、石段下の割烹の紅亭は書き入れ時である。大きな軒提灯を出し、玄関口を照らしている。

龍之助が暖簾をくぐると、訪《おとな》いを入れるまでもなく女将《おかみ》が迎え、仲居《なかい》姿のお甲も奥からすり足で走り出てきた。が、玄関の板の間に三つ指をつく動作がぎこちない。着流しに黒羽織の龍之助をまじまじと見つめる。

(いかん)

内心、思わざるを得なかった。お甲の自分を見る目は、

(五万七千石の若様)

左源太から聞かされ驚愕した思いを、そのまま乗せている。周囲に悟られてはまずい。腰を上げ、

「こちらへ」

廊下へ先に立とうとするお甲の尻をポンと叩き、

「あっ」

「やわらかいのう、お甲は。あはは」

くったくなく笑ったのへ、

「ま、龍之助さまったら」

ようやくお甲はいつもの笑顔を見せた。龍之助にすれば、お甲の緊張をほぐすための思い切った挙措《きよそ》だった。だがその手に、お甲のやわらかい尻の感触が強く残った。くったくなく笑ったつもりが、お甲にはかえってぎこちなく見えたかもしれない。だがお甲は、龍之助の気配りを受けとめた。いままでどおり、いくぶん鼻にかかった声で〝龍之助さま〟と呼び、

「さあ。左源の兄《あに》さんも、もう来ていますよ」

廊下の奥を手で示した。

お甲は仲居姿もなかなか似合う。

「板についているぞ。手裏剣を打っているのと壷を振っているのと、どれが本物のおめえか分からなくなる」

「いやですよう、龍之助さま。全部、本物のあたしですよ」

話しながら二人は廊下を進んだ。

だが、部屋に入れば、固唾を呑むような緊張がながれている。龍之助は真顔に戻っ

た。奉行所から八丁堀に戻らず、直接神明町に足を運んだのは、

「――政事《まつりごと》を司《つかさど》る者はのう、常に護りに徹しなければならぬ。世の平《たいら》なることを願《ねご》うてのう」

つい数日前、実父・田沼意次の語った言葉があるからにほかならない。その肉声は左源太も聞いている。いま、それを最も大事にしなければならない時が来たかもしれないのだ。

神明町が十数日後に迎えるダラダラ祭りは、単に年に一度の祭礼ではない。幕政の大変化の潮目にぶつかり、田沼意次のこれまでの治世が〝平《たいら》〟であったかどうかを問われるものとなる。〝平〟でなければ、田沼意次は家治将軍の死とともに世間から一挙に葬られることになるだろう。田沼意次は、まだ老中なのだ。

大松の弥五郎は、龍之助が部屋に入るなり言った。

「旦那のきょう昼間の言葉、町の者は深刻に受けとめ、町役さんたちがいま別間で待っておりやす。あとで、会ってやっておくんなせえ」

定町廻りのあと、町役たちは大松の弥五郎と話し合ったのであろう。無理もない。神明町の町役たちにとって、ダラダラ祭りはすでに始まっているのだ。そこへ〝喪〟がぶつかるかどうか、その舵取りが、向後《こうご》お上との折衝にどのような問題が惹起《じゃっき》する

か知れたものではない。

（発想は違えど、〝平なる〟ことを望む思いはおなじか）

　龍之助は即座に判断し、

「おう、いいともよ。あとでと言わず、いまここへ呼びねえ」

　部屋には左源太と大松の弥五郎に伊三次《いさんじ》、それにお甲がそろっている。

「えっ、いいんですかい？」

「そんなら鬼頭《きとう》の旦那、あたしが一声かけてきましょう」

　弥五郎が返したのへお甲が応じ、入ったばかりの部屋をまた出た。わざわざ〝鬼頭の旦那〟と呼んだところなど、その表情にも挙措にも、もう五万七千石に対する目に見えない壁や緊張感はない。廊下にすり足をつくるお甲のうしろ姿に、龍之助は人知れず安堵の息をついた。

　だが、そのお甲と前後するように、

「鬼頭さまへ。お屋敷の下男の方が火急の用と申され」

　おもてに来ていると女将が告げに来た。

「なに、茂市が？」

　龍之助は玄関に急いだ。やはり茂市だった。奉行所から一人で挟箱を担いで組屋敷へ戻り、すぐに来たようだ。

「これを持ってまいりました」

と、提灯を差し出し、訝《いぶか》る龍之助を玄関の隅にいざない、

「屋敷に戻ると、いつぞやの蠣殻町のご用人さまが見えて旦那さまのお帰りを待っておいでてでございました。御用の筋で出かけたと申し上げると、言付《ことづ》けを頼まれましてございます」

茂市は声を低めて言う。田沼家下屋敷の中間《ちゅうげん》ではなく、留守居が直接来たようだ。おそらく留守居も低声《こごえ》で話し、茂市はそれを真似ているのだろう。秘密めいた、切迫《せっぱく》したようすがそこからも窺《うかが》われる。

「して、いかような」

「はい。暫時《ざんじ》、屋敷と往来を絶つように、時至らば当方より連絡いたすゆえ、と。それだけでございました」

実際、それだけだったようだ。

「ご用人さまは深刻そうなお顔だったもので、なにやら大事を感じ、急ぎお知らせにまいったしだいでございます」

その感覚は重要だった。意次はこれまで親らしいことをなんらしてやれなかった龍

之助を、これから激化する政争に巻き込むのを避けようとしている。留守居を直接寄越したところに、意次の意志が感じられる。

つまりその状況は、

（著《いちじる》しく……不利）

きのう発表があったわけではない。きょうもなかった。公儀の発表は、政争に決着がついてからになろうか。それがいつになるか分からない。神明宮のダラダラ祭りの幕開けは、目前に迫っている。

「ご苦労だった。帰っていいぞ」

「いえ、待たせていただきます。提灯は一つですから」

茂市が提灯をさし示したのは、帰りの夜道、お供しますの意味であった。茂市も龍之助の身辺になにかが起きていることを感知し、心配しているのだろう。

その茂市を玄関脇に待たせ、奥の部屋に戻ると、町役たちが昼間の三人より二人増え、五人もすでに座して待っていた。それらの視線が、

「火急の用とは？」

大松の弥五郎の問いと同時に龍之助へ注がれた。龍之助は楕円の陣に腰を降ろし、

「将軍家には、身罷《みまか》られたごようす」

「やはり」

声が洩れるなかに、

「なにぶん公儀の発表はまだゆえ。そなたら、くれぐれも口外いたさぬよう」

「と、申されましても、手前どもは祭礼の支度《したく》を……」

「奉加帳《ほうがちょう》もすでに隣町までまわし、冥加金《みょうがきん》もかなり……」

町役たちは心配げに言いはじめた。神明宮の祭礼と将軍家の〝喪〟の重なることが明白となったのだ。隣町である宇田川町の甲州屋右左次郎《うさじろう》も奉加帳に筆をとり、すでに大枚《たいまい》の冥加金を出している。

祭礼は長月《ながつき》（九月）十六日からである。神明宮の祭神は天照大神《あまてらすおおみかみ》と豊受大神《とようけおおみかみ》で、江戸における伊勢神宮の分社となっている。関東では氷川《ひかわ》大社と八幡大社の系統が多く、伊勢神宮系は少ない。関八州の諸人《もろびと》にとって伊勢参りなど遠方で、そう簡単に行けるものでない。そこで芝の神明宮にお参りすればお伊勢さんにお参りしたのとおなじ御利益《ごりやく》があると言われるようになり、関八州はむろん陸奥《むつ》や常陸《ひたち》からも参詣人が集まった。神明町の通りが平日でも賑わい、なるほど占い信兵衛などが一カ所で移動しなくても客にあぶれないはずである。

普段がそうであれば、祭礼ともなればなおさらである。通りから石段、境内までそれこそ人いきれで咽《むせ》びかえりそうになる。そこで神明宮では混雑を避けすこしでも多くの善男善女に御利益をと、祭礼の前を六日間、あとを五日間のばし、十一日から二十一日までを縁日とした。十二日間にまたがって祭りがつづけられるわけで、口さがない江戸者たちはこれをダラダラ祭りといい、それがいつしか神明宮祭礼の通り名になったのである。

　祭礼の期間がのびればそれだけ参詣客も増え、中味は決してダラダラなどではなかった。門前の通りはむろん脇道にまで期間中ずっと御神酒処《おみきしよ》が設けられ、一円の軒には祭礼の提灯とともに注連縄《しめなわ》が張りめぐらされ、茶屋や割烹では青竹で店頭に柵をこしらえ、通りに面した商家や民家でも幕を張り軒提灯をならべた桟敷《さじき》を構え、花莚《はなむしろ》に珍酒佳肴《ちんしゆかこう》を用意して客を迎えた。もちろん左源太たち裏店《うらだな》の住人たちも路地の溝浚《どぶさら》いに羽目板の修理も済ませ、腰高障子の破れも張替えて祭りにそなえた。

　それればかりではない。祭りは別名、生姜《しようが》祭りともいわれ、ほとんどの参詣人が縁日で生姜を買い求める。かつて芝の一帯には生姜畑が広がっていたことに由来するが、神明宮に供えた生姜を噛むとその冬は風邪を引かないとか、夏は雷に打たれないなどと言われている。生姜を扱う商舗はいまその準備に大わらわだ。左源太も、田沼邸の裏庭に座して田沼意次の声を直《じか》に聞いていたとき、腹当の口袋《こうたい》から生姜をそっと出し、秘かに噛んで緊張を鎮めていたものだった。

祭礼の縁起物はそれだけではない。千木筥《ちぎばこ》がある。弁当入れの割籠《わりご》だ。割籠といえば藤蔓《ふじづる》で編んだのが一般的だが、神明さんの割籠は桧の白木の細工物で小判型をしており、これをとくに千木筥といい、千着《ちぎ》に通じ箪笥《たんす》に入れておくと衣装が増えるとされている。左源太がおもての生業《なりわい》としているのが、この白木の薄板削りである。とくに鑿《のみ》で細かい作業の必要なものを左源太は得意とし、問屋から定評もあるのだ。

「俺の細工物も、問屋が困ってしまうなあ」

左源太はぽつりと言った。さすがに町の旦那衆の前では、腕をまくっていない。堅気の職人然としている。

「まさか、いまさら取りやめるなど……」

「それこそ騒動になりますよ」

「町役の旦那方。だからこうして八丁堀のお人が、常廻りとは別個に来てくださってるんじゃねえですかい」

口々に不安をならべる町役たちに大松の弥五郎が、裏を取り仕切っている貫禄を示した。もっともな意見である。町役たちが黙したなかへ、龍之助は応じるように声を入れた。

「かりにだ、公儀の達しが祭りのあとだったら、さようでございましたかで、なんの問題もねえわけだ」

「できますのか、そんなことが」

町役の一人が思わず入れた。町役というより、町全体の望みであろう。左源太にお甲、伊三次まで、つぎの言葉を待つように龍之助へ視線を向けた。

「できるわけなかろう、お城の決めなさることだ。だがな、可能性はある」

田沼意次と松平定信の、政争の行方を指している。公儀の発表があるときこそ、権力の帰趨《きすう》が定まったときである。龍之助はつづけた。

「明日かもしれねえ。祭りの最中かもしれねえ。これは、誰にも分からねえ」

「だったらいったい、どうすれば……」

「将軍家のご逝去《せいきょ》が分かっていて神輿など担いだんじゃ、どんなお咎《とが》めが……」

「だからでござんしょ。その算段をつけるため、旦那方はきょうここへお集まりになったんじゃござんせんか」

坊主頭の弥五郎がまた貫禄を示した。ともかく祭りをどう取り仕切るか、町役の旦那衆は小柄で丸顔の坊主頭に従った。といっても、公儀の発表がいつになるか、さまざまな場合を想定しなければならない。

話は進み、そのなかに龍之助は肝心な自分の用件を切り出した。

「祭りの期間中、たとえ些細な騒ぎも見逃してはならぬ。祭りの十二日間、賑わおうとも〝平《たいら》〟に終えねばならぬ」

そこに町役たちも大松の弥五郎も異存はない。むしろ、自分たちのほうから龍之助に頼みたいくらいなのだ。町役たちにとっては、これまで昼間の八丁堀の定町廻りにさえ目くじらを立てていた大松の弥五郎が、鬼頭龍之助には歓迎しているばかりか、まるで兄弟分のように接していることに、驚きとともに安堵を覚えている。

「そりゃあもう鬼頭さまと大松の親分さんへ、手前どもにできることなら、なんなりとお申しつけくださいまし」

と、話は早い。

「そうそう。この町の平穏のためでございましたら」

そのなかに、大松の弥五郎は奇妙な話をした。裏の町を取り仕切る者としては、八丁堀はおろか堅気《かたぎ》の衆には断じて洩らしてはならないことなのだ。だが弥五郎にしては、話す相手が無頼上がりの龍之助で、その岡っ引が左源太とお甲であれば、つい極秘まで打ち明けたくなる。この〝主従〟の闇走りには、驚嘆のまじった羨望さえ覚えている。もちろん龍之助も左源太、お甲も、その仕組は想像の範囲内であり、さほど驚くべきことではない。一方、町役の旦那衆にとっては、うすうすは感じていたが明確に聞かされると、やはり戦慄を覚えざるを得ない。

「実は、きのうきょうのことでございます」

これは弥五郎にうながされ、代貸の伊三次が話しはじめた。

「江戸に掏摸《すり》の一家は数多《あまた》ありやすが、そのうち二組ほどが、ダラダラ祭りへの挨拶を入れてきました」

伊三次は淡々と、それが当然のごとく話す。掏摸にも同業者同士の縄張がある。だが寺社の門前となれば、そこを仕切る裏の勢力を恐れ、どの一家も縄張に組み込むことはできない。働いているのを見つかれば、奉行所の役人に捕えられるより非道《ひど》い仕打ちを受けることになる。

奉行所なら掏摸は、一度目は入墨刑だけで釈放となる。五十回やっても百回やっても、捕まったときが一度目である。だからやる者が絶えず、なかには仲間内に名人と称《い》われ一生入墨のないまま老後を迎える者もいる。二度目に捕まったときは江戸払いとなる。これもまた甘い。江戸に住めなくなるだけで、草鞋《わらじ》に脚絆《きゃはん》の旅姿で日本橋を歩いていても、住んでいるのではなく通過ということになり、見逃してもらえる。江戸でいくらでも掏摸働きができるわけだ。三度目が墨の入れ直しで、四度目が死罪であった。入れ直しの者はよほどドジか、懲りずに何十年も年季を重ねている者で、それでもなお四度目まで進む者は頓馬《とんま》と言えた。

ところが寺社門前の町で見つかれば、入墨があろうとなかろうと半殺しにされ、指を切り落とされたり簀《す》巻《ま》きにされ江戸湾に放り込まれたりもする。命ながらえても顔を覚えられ、二度とその町に入れなくなることは言うまでもない。寺社門前では騒ぎになったとき、駈けつけるのは同心や岡っ引よりもそうした土地の者のほうが断然早いのだ。

祭礼の人混みは、掏摸にとっては格好の書き入れ場所である。だから掏摸の親方は配下の者が押さえられたときの用意に、前もって土地の親分に挨拶を入れておくのである。そのときの費用は、いわば保証金といったところか。だからといってやりたいほうだいというわけではない。神明宮への参詣人に被害が出ては、大松一家の名折れである。当然、若い衆が警戒のため町を地回りする。そこで失策《しくじ》り身柄を押さえられたとき、掏摸一家の親方は別途に身代金《みのしろきん》を払い、配下の身柄を受け取ることになる。指を落とされることもなく、奉行所に引き渡され墨を入れられたり江戸払いになったり、まして死罪になることもないといった仕組である。

そうした仕組のもとに、大松一家へ挨拶を入れてきた掏摸の一家が二組もあるとい

うのだ。つまり祭りの期間中だけ、そこを縄張として買ったようなもので、

「もう狙っている奴らがいるというわけで、気をつけておくんなせえ」

伊三次は町役の旦那衆へ注意をうながすように言い、

「そのうちの一組がみょうな一家で、法外な代《しろ》を包み、奇妙な注文をつけてきたのでございます」

「町役の旦那方に、なにか心当たりがないかと思いやしてね」

伊三次の話に、弥五郎が補足するようにつないだ。

これには旦那衆よりも、

「ほう」

龍之助が興味を示した。といっても〝法外な代〟がどのくらいかなどと野暮なことを訊くつもりはない。

「みょうな、奇妙なと、どうみょうなのだ。有態《ありてい》に聞かせてもらおうか」

「へえ」

龍之助に返した伊三次へ、左源太もお甲も視線を集中した。二人とも話はまだ聞かされていないようだ。

行灯一つの灯りに浮かぶ部屋は、文字どおり奇妙な雰囲気に包まれた。

小柄で坊主頭の弥五郎が頷《うなず》く横で、伊三次は話をつづけた。

「その一家というのは、いずれに塒《ねぐら》を置いているか知りやせんが、親方が女なら手下も女ばかりなので」

「えぇえ！」

「あたしとおなじ⁉」

左源太とお甲が同時に声を上げた。龍之助も町役の旦那衆も驚きの表情を見せ、行灯の炎が揺れた。もっとも、掏摸の一家が土地の顔役に挨拶を入れても、自分たちの塒は明かすものではない。それに、塒が一カ所に固定しているとは限らない。だが、一応の身上は明かす。

「親方の女はおマサと申しやして、十二、三のころからこの稼業に入り、四十路《よそじ》のいまになるまで、腕に墨の一本も入っていねえのが自慢だと言っておりやした」

「ほう。女の巾着切りは奉行所でも聞くが、女ばかりの一家とはなあ。で、どんな注文をつけたんだ」

龍之助の問いに、伊三次は話した。

「そのおマサが神明町に来たのはきょう、ちょうど鬼頭の旦那が定町廻りをなすっているときでして」

「なに！　なめたことを」

「いえ、おマサはきょう定町廻りがあるなど知らなかったようで、驚いてやした。でずが旦那、おマサに旦那の顔はすでに覚えられたと思ってくださいやし」

「ふむ」

龍之助は一本とられたように頷《うなず》いた。

「で、その女掏摸でございやすが」

おマサは、

「――そりゃあもちろんこの町で多少は稼がせてもらいますが、それが目的ではございません。狙うのはお侍で、わざと失策《しくじ》って逃げます。侍は雑踏のなかを追いかけるでしょう。そのとき、できるだけ騒ぎを大きくしていただきたいので。ともかく侍に騒がせ、段平《だんびら》なども振り回してもらって、参詣の堅気衆にケガ人でも出してもらえれば言うことありません。そこで町家での乱暴狼藉の廉《かど》でその侍を町方に突き出してくださいましな。うまくいきゃあ、冥加金をまた別途に包ませていただきますよ」

などと言ったそうな。

「滅相もない！　わざとお侍に騒がせ、奉行所へなどと」

すかさず町役の一人が口を入れ、他の旦那衆も同様の表情を見せた。町役として自身番を仕切っている旦那衆は、そのおマサとかいう女掏摸にはまったく心当たりはないようだ。
奉行所に突き出すには、まず自身番に拘束し、それからのこととなる。奉行所から
役人が出張ってきて大番屋へ引いて行き、それでお仕舞いとはならない。現場検証が
必要で、しばし神明町の自身番は、もちろんそこに鬼頭龍之助もいようが、奉行所の
役人や捕方たちの詰所となり、その費消《ひしょう》はすべて町の持ち出しとなる。そればかりか、
付近はものものしい雰囲気となり、御《お》羽車《はぐるま》や神馬《しんめ》のご出座の横に十手がうろうろする
など、氏子《うじこ》一同としても祭神に、
（申しわけが立たない）
のである。
「それで親分。そんなこと、受けなされたのか」
町役の一人が詰《なじ》るような口調を大松の弥五郎に向けた。
「だからきょう、町役さんたちにも声をかけてるんじゃござんせんかい」
話し役は伊三次から弥五郎に代わった。
「――ま、考えておこう。祭りにはまだ間がある。もう一度来なせえ」
大松の弥五郎はおマサに言ったという。保留である。淡い行灯の灯りの中に、安堵

の空気がながれた。だが、解決したのではない。

「おマサとか申す女掏摸、なぜさようなことを」

　当然、龍之助は問いを入れた。

「へへへ、鬼頭の旦那。あっしらの稼業はいちいち理由《わけ》を質《ただ》したりしねえもんでさ。なかには、知らねえほうがいい場合だってありやすからねえ」

「うーむ」

　弥五郎の言葉に、龍之助は唸らざるを得ない。闇の世界には闇の仁義がある。しかし、おマサなる女掏摸は、まさか大松の弥五郎が町役はおろか八丁堀とその岡っ引まで交えた場で、自分の話を俎上《そじょう》に載せているなど思いもしないことだろう。その意味では、弥五郎はすでに仁義をはずしているが、龍之助との縁を弥五郎が優先させたことになろうか。

　龍之助は応じた。

「ともかくだ、神明町にも祭礼にも迷惑はかけねえ。かりにおマサなる女掏摸をふん捕まえて裏を糺《ただ》すにしても、この町の外に出てからにしようじゃねえか。そのための合力は弥五郎、秘かにでもやってもらうぜ」

　それなら大松一家の顔は立つ。弥五郎はかすかに頷きを示した。

帰りは、町々の木戸が閉まる夜四ツ（およそ午後十時）を過ぎていた。

「こんなに遅くなるとは思いませんでしたよ」

茂市の持つぶら提灯一つの灯りが街道に揺れている。

「ふむ」

龍之助はさっきから考え込みながら歩を進めている。

「組屋敷じゃ、婆さんきっと心配していますよ」

「なあ、茂市。どう思う」

「どうって、なにがでございます？」

「いや、なんでもない。ただ、気になることがあってな」

「へえ、さようで」

他に灯りはない。

武士を一人挑発して、町方に捕えさせようとしているのである。そんなことをしておマサとかいう女掏摸になんの得があるのか。

（背後になにかある）

勘ぐるのが正常であろう。龍之助の脳裡に浮かぶのは、

（幸橋御門……松平）

まだ漠然とだが、そこであった。

三

その幸橋御門を、商家のご新造風に扮《こしら》えたおマサがくぐったのは、神明町の紅亭で龍之助らが寄り合ってから数日も経ていない、長月《ながつき》に入った最初の日だった。ダラダラ祭りの段取りもいよいよ慌しくなるなかに、

「ともかく、どちらにも対処できるように」

町役一同が不安を抱えながら額を寄せ合っているころだった。

おマサは松平家上屋敷の裏手にまわり、通用門に訪いを入れた。名は門番へすでに通じてあるのかすぐ門内へ通され、しかも座敷に上げられた。応対に出てきたのは、なんと次席家老の犬垣伝左衛門である。町家の新造に十万石の大名家の次席家老が座敷で応対するなど、通常では考えられない。犬垣伝左衛門は部屋に入るなり、

「あやつがぶざまな死に方をせなんだら、なにもわしがわざわざ……」

不機嫌そうに言いながら座についた。

「ご家老さまにはご足労をおかけし、申しわけございません」

おマサはふかぶかと辞儀をし、

「つなぎをとってくださる後釜《あとがま》のお方は、まだ決まりませぬのか」

顔を上げ、問いを投げかけた。大松の弥五郎が言っていたとおり四十がらみで、目が切れ長というより刺すように細く、頬も冷たく窪み、全体に痩せ型で、長所をあげるなら機敏そうな感じといった女である。

次席家老の犬垣伝左衛門が言った〝あやつ〟とは、足軽組頭の向山俊介のことである。松平屋敷でおマサと接触していたのは、この向山だった。足軽組頭となれば、人足の数合わせのため外との接触も多く、そこにおマサとのつながりができたようだ。その向山俊介の死に、おマサが犬垣伝左衛門に謝る筋合いなどないのだが、その死はおマサにとっても衝撃だった。

以前から松平定信は江戸家老たちに、

「――いかなる些細なことでもよい。田沼意次を貶《おとし》める事象があれば見逃さず、なければ策を講じ設けよ」

命じていた。田沼家の上屋敷と中屋敷がある本郷弓町や日本橋浜町で、米騒動を策動したのもその一環だったのだ。

一月《ひとつき》ほど前のことである。日本橋付近で、足軽組頭の向山俊介は茶店の縁台で一服つけ、立ち上がったところ脇をかすめ通った二十歳《はたち》ばかりの娘がいた。掏摸だった。向山俊介のふところからサッと紙入れ抜き取った。それは鮮やかだったが、向山俊介もさるもので、気づくなり目でその女を追い、間髪を入れずすれ違ったもう一人の年増の女に渡すのを見届けてから、受け取った女の腕をとり有無を言わさず路地に引き入れた。これがおマサだった。抜き取った紙入れを持っていたのでは、おマサに申し開きの術《すべ》はない。このとき向山俊介の脳裡は、おマサをどうするかまでは考えていなかった。

「――お見通しだったんでござんすねえ。さあ、斬るなり突くなり番所に突き出すなり、どうとでもしてくださいよ」

開き直る女を見て向山は思った。抜き取った女を取り押さえ、路上で身体検《あらた》めなどしていたなら大恥をかかされたうえ、見物人から野次を飛ばされれば、その場を繕《つくろ》うため刀を抜いて振り回すことになっていたかもしれない。大名家の家士が江戸の町で刀を抜くなど、若年寄からどのような沙汰が下るか知れたものではない。

（――使える……計画的にやったなら）

向山俊介はひらめいたのだ。そういえば、神明町の祭りが近い。

おマサを近くの茶屋にいざない、

「——どうだ、やってみるか。報酬は弾むぞ」

腕を切断されるか入墨が入るか、報酬が貰える話を受けるか……おマサに否《いな》やはない。塒《ねぐら》も明かした。市ケ谷の八幡町だった。例に洩れず、市ケ谷八幡宮を背景に持った町だ。

向山俊介は、次席家老の犬垣伝左衛門に〝策〟を話した。犬垣は向山に言った。

「——よかろう。いかなることでも活用しようとする心がけ、褒《ほ》めてとらす」

それから何度か向山が市ケ谷八幡町へ行くこともあれば、おマサが松平屋敷の通用門をそっとくぐることもあった。

話は具体的に進んだ。

「——狙う侍の目星はつけてある。市井《しせい》の雑踏が好きな男でのう。神明宮の例祭のとき、こちらの手の者がそやつを屋敷から尾《つ》け、おまえに知らせるゆえ、あとはよしなに、な」

向山俊介はおマサへ機嫌よさそうに話した。

そのあとに、向山俊介は佐伯宗右衛門とともに深川で命を落としたのだ。さらに家治将軍が世を去った。だが、向山俊介の〝策〟は生きていた。田沼意次を完膚《かんぷ》なきまで叩きつぶす口実は、多ければ多いほどいいのだ。

次席家老の犬垣伝左衛門は、向山俊介から逐一報告を受けていた。だが〝策〟の内容は、即座に後釜を任命できる性質のものではない。屋敷に訪ねてきたおマサは、犬垣伝左衛門がみずから接見した。おマサが神明町に乗り込み、大松の弥五郎に直接会い、それまで面識はなくとも、裏社会の誼《よしみ》を頼りに合力を要請したのは、いよいよ具体的な日取りまで決めたときだったのだ。

向山俊介の後釜が〝まだ決まりませぬのか〟とおマサに訊かれ、

「女、こたびの事をそう簡単に考えるな」

犬垣伝左衛門はいまいましそうに返し、

「して、神明町の準備はどうか。もう長月だ。ダラダラとかの祭礼は近いぞ」

算段を質《ただ》した。

「そのことでございます」

おマサは自信ありげな表情をつくり、

「土地の与太どもに渡りをつけましてございます。ただ……」

「ただ、なんじゃ」

「与太とは金次第でどうにでもなります。裏を返せば、黄金色《こがねいろ》を見せれば、殺しさえ厭《いと》わぬ畜生《ちくしょう》同然の者どもでござりますれば」

「なにが言いたいのじゃ」

「つまり、その、派手にやるには、冥加金の多少が大事でして」

「ふむ。冥加金のう。騒ぎは大きければ大きいほどよい。それだけ町方の意気も上がろう。前金で十両じゃ。町家の者が血を流し、侍が取り押さえられ小伝馬町の牢に繋がれれば後金に十両。そやつの刀で死人《しびと》が出れば、一人につきさらに十両じゃ。これでどうじゃな」

十両とは、衣食住つきだが年間三、四人の足軽が雇える額である。犬垣伝左衛門にすれば、これで殿の政敵を叩きのめす材料の一つを構成できれば、決して高い買い物とはならず、これから躍進するであろう松平家にあって、己《おのれ》の地盤をも固めることができる。

「一人十両でございますか」

おマサの細く冷たい目と口元がニタリと動いた。巾着切りで、切った巾着の中に一両小判の二、三枚も入っているのは、年に一度あるかないかである。

龍之助は落ち着かなかった。奉行所内で聞かれる風聞は、柳営からの達しがなくと

も家治将軍の死去は確実であり、

「上様には世子がおありになさらぬため、つぎの将軍位は……」

それのお達しが、

「いつになるのかのう」

密《ひそ》やかな声がながれるなか、奉行所から一斉定町廻りに出るのはあの日の一日だけで、あとは奉行の曲淵甲斐守が、

「町奉行所が動揺していると見られるのは、かえってよろしくない」

と、地域に順を決めての見廻りとなり、他所では同心たちの微行となった。龍之助は宇田川町から神明町、浜松町と街道筋を一人で微行し、

（蠣殻町へ……）

幾度も思った。だが、

「——時至らば、当方より連絡いたすゆえ」

留守居が伝えてきた、意次の言葉が念頭にある。

奉行所が、朝から不意に慌しくなった日があった。長月八日のことである。朝から曲淵甲斐守は柳営に出仕し、与力以下同心、小者にいたるまで、その帰りを待った。家治将軍死去の話がながれた日とおなじ様相である。

帰ってきた。

すぐさま与力たちが呼ばれ、下知があった。

「過日、家治将軍さまにはご逝去あそばされ、十一代将軍位には一ツ橋家の家斉《いえなり》さまがご就任あそばした。柳営に動揺はなく、市中見廻りは粛々《しゅくしゅく》とおこなうべし」

神明町や浜松町は、単独の微行でよい日だった。出かける前、龍之助は気の合う与力・平野準一郎に

「幕閣のお方らの動きは……？」

そっと訊いた。平野与力はこの日も、奉行のお供をしていたのだ。

「せめぎ合いの末らしい。ご先代の御側御用取次《おそばごようとりつぎ》であった田沼さまは家斉さまの上意《じょうい》によって罷免され、老中のお暇願いも受理されたとのことだ。新たに白河藩十万石の松平定信さまが老中首座に就かれ、きょうのお達しもすべて松平さまからであってのう」

御三卿の一ツ橋家から将軍が出て、田安家の血を引く者が老中首座である。貴種の体制だ。足軽の家系から成り上がった田沼意次とは背景が異なる。

「ならば、田沼さまは幕閣を退き、遠江《とおとうみ》相良藩五万七千石の一大名ということになりますのか」

「いや」

「えっ？」

「すでに相良藩はご先代からのご加増分であった二万石を柳営に没収された」

「ならば、三万七千石に？」

「それもどうなることやら。きょう城中で聞いたのだが、松平さまは足軽の出の田沼さまをことのほか忌み嫌われておいでとのこと」

「………」

「どうした、浮かぬ顔をして。そなたの持ち場はきょう微行だけだったのう。早う行かねば」

「は、はい」

龍之助は衝撃の内心を隠し、足早にその場を離れた。

微行の足は、蠣殻町を気にしながらも神明町に急いだ。公儀の下知があったからには、容《かたち》だけでも〝喪〟に入らねばならない。ダラダラ祭りの幕開けは、三日後に迫っているのだ。

「えっ」

自身番で声は一様に上がった。

だが、

「やはり」

と、それは予測の範囲内であり、書役が町内に走り、このあとすぐにでも神明宮で氏子の寄合が持たれ、

「音曲は控え……」

「神輿や神馬はただ粛々と……」

静かに行事をこなすことが話し合われることだろう。

「やはり、そうでしたかい」

大松の弥五郎も予測していたように言い、

「ですが参詣の衆が減ることはありやせんや。女掏摸のおマサめ、なにを企んでいるのか知りやせんが、もうすっかりこっちの掌中《しょうちゅう》にありまさあ」

八丁堀の役人が、町の与太の住処《すみか》に公然と出入りするのは好ましくない。龍之助が大松の弥五郎と談合するのは、いつも割烹の紅亭の奥であり、仲居のお甲が当然のごとく同席した。ときには芸者姿で出てくることもある。きょうも祭りの予行か、艶《あで》やかに着飾っていた。

「ほう、なにをどのように請負った」

龍之助は、弥五郎の自信ありげな口調に問いをかぶせた。

「へへ、おマサめ。相当景気がいいらしいですぜ。合力の冥加金だなどと五両もおいていきやした。件《くだん》の侍が段平《だんびら》を振り回す騒ぎに持ち込み、町衆にケガ人が出りゃあ、一人あたま二両出そうなどとぬかしやがった」

「ほう、掏摸を見逃して掏《す》られた頓馬に騒ぎを起こさせ、十手沙汰になりゃあ祝儀をはずむか。かわった話だのう」

「さようで。あの女め、誰とつるんでいやがるのか。で、鬼頭の旦那。十手沙汰にするご当人とは旦那のことになりやすが、どうしやす？」

「分からねえ。件の侍が誰なのか、おマサなる女が誰になにを頼まれたのか明確にするまではなあ。ともかく祭りの期間中、俺が現場に出張っておマサに張りつこう。お甲は左源太と一緒に俺のそばから離れるな。それに伊三次だ、手下を二、三人連れて俺の目のとどく範囲にいるように言っておいてくれ。その詰所はこの紅亭だ。ともかくおマサとやらには、こっちの手の中で踊ってもらうことにしよう。おめえのもらい分は、前金の五両にしかなるめえ。それで御《おん》の字と思ってくれ」

「へえ。五両は迷惑代で、それ以外に女掏摸からおこぼれを頂戴しようなどと思っていませんや。それに……」

大松の弥五郎は語気を強めた。

「祭りの雑踏に段平を……ケガ人どころか死人が出るかもしれやせん。それをあっしにけしかけるなんざ。おマサめ、あっしらの稼業がなんのためにあるのか、まったく分かっちゃいねえようで」

「まったくだ」

龍之助は相槌を打ち、

「頼むぞ」

腰を上げた。

「旦那ア。あたしの出番、つくっておいてくださいましよ」

玄関までお甲が見送った。

四

蠣殻町から遣いの者は来ない。

奉行所で聞く噂は、

「老中首座になられた松平さまが、どこまで田沼さまを追いつめなさろうかのう」

「なあに、松平さまにも武士の情けはおありなさろう。さほど過酷なことには」

すでに田沼意次は溝《みぞ》に落ちた犬同然である。これまで龍之助は、飛ぶ鳥落とす勢いであった意次から、なに一つ恩恵を受けていない。強《し》いて言えば、芝四丁目の室井道場に通う費用を出すことによって、龍之助の母を精神的に支えていたことくらいであろうか。町家の出である母は龍之助に、

「――父上の出世のため」

と、死ぬまで父が誰であるか明かさなかった。母が秘かに同心株を買い、後事を託したのも田沼家ではなく、道場の室井玄威斎だった。龍之助が誰やらも知れぬ父を恨むことなく、逆に武士の血が流れていることに誇りが持てたのは、鹿島新當流を極めた室井玄威斎の、

――己《おのれ》を生きよ
との教えがあったればこそのことであろう。そこに血筋を思えば、急変する世相に人知れず悔しさを込み上げさせていた。

(いっそうのこと、ダラダラ祭りを派手に揉めさせ、老中首座に就いた松平定信への餞《はなむけ》としてやろうかい)

などとも思えてくる。だが、女掏摸のおマサが騒動を請負ったのは、公儀より家治

の死が発表される前である。それにもかかわらず、企ては継続されている。

（…………）

ともかく真相を……その思いが先に立つ。

始まった。堰《せき》を切ったように神明町の通りから石段、境内に参詣客は群れた。そこに人いきれはあっても音曲はなく、往還の両脇の桟敷も質素にこしらえ酒食が遠慮されているのも、人々は解した。その分、生姜や千木筥の売れ行きは例年よりよく、それら屋台店の前には人が群れた。

祭礼の二日目だった。日の出より間もなくのころである。本郷弓町の田沼家上屋敷の正面門から一人の武士が出た。中間《ちゅうげん》を一人ともなっている。その武士は、きのうから屋敷の同輩に、

「——こういうときでござる。精魂込めて天照大神にお家の安泰をおすがり申し上げてくる。それだけじゃ」

五十がらみの武士で、その姿を正門近くにたむろしていた足軽風体の数人が捉え、一人が尾行に入り、他の者はいずれかへ走り去った。それらは袴《はかま》姿に大刀を一振り帯び、一見して下級武士と分かる。武家地においてはこのほうが周囲の白壁によく溶

け込める。たむろしていても、主人待ちかと奇異には見えない。

件《くだん》の侍は、かねてより足軽組頭の向山俊介が〝祭りの諸人《もろびと》の雑踏が好きな男〟として目をつけていた相良藩士である。それは次席家老の犬垣伝左衛門に引き継がれていた。侍は腰物《こしもの》奉行で村岡伊八郎《むらおかいはちろう》といい、殿の佩刀《はいとう》を預かる役職であれば、意次の近習《きんじゅう》といえた。その身分を向山俊介から聞いたとき、犬垣伝左衛門は、

「――まさに適任なり」

手を打ったものである。

足軽たちも、組頭ではなく次席家老から直接差配されるとあって気を引き締め、意気も上がっている。一人は命じられたとおり市ケ谷八幡町に走り、一人は幸橋御門の松平家上屋敷に駈け戻った。

「出てきました。いま神明町に向かっております。供は中間が一人」

犬垣伝左衛門に報告し、市谷八幡町に走った者は、

「おう、おマサ姐さんとはあんたかい。件《くだん》の二本差し、動きだしたぜ。なんだか知らねえが用意しな。神明町でその二本差しを尾けてきた俺の仲間におめえさんを引き継げば、わしらの役目は終わりだ。そう仰せつかってるぜ」

おマサに言うはずである。

「二日目とは、思ったより早い。好都合」

おなじようなことを、報告を受けた犬垣伝左衛門も松平家の上屋敷で言っていることだろう。

神明町では、通りの中ほどに台を移した占い信兵衛が、初日から人のながれに目を凝らしている。おマサが二度目に来たとき、伊三次が占い信兵衛に、

「——あの痩せた女の面《つら》、よく見ときなせえ」

と、顔を覚えさせておいたのだ。二日目にその顔が来れば、信兵衛も喜ぶだろう。それで大松一家から言われた役務から解放されるのだ。

その占い信兵衛の視界におマサが入ったのは、昼にはまだ間のある時分だった。十二、三歳の小娘一人に、二十歳ばかりの女二人と、武家の足軽が同道している。詰所の割烹紅亭で信兵衛の連絡を受けた龍之助はすぐさま飛び出た。袴をつけ塗笠をかぶった姿は同心には見えない。話し合ったとおり、仲居姿でたすきをかけたお甲と、腰切半纏で職人姿の左源太、それに着流しの伊三次が一緒だ。さらに伊三次のまわりには、手足となって動くべく大松一家の若い者が数人、さりげなくついている。

ちょうどよく、おマサたちは石段の下へ、人待ちげに立ちどまった。参詣人のなか

から誰かを找《さが》すには最適の場所である。参拝した者は行きも帰りもそこを通る。

　龍之助らは、人混みのなかをおマサらの背後にまわり、その動きを監視する態勢をとった。

「おっ」

　左源太が低い声を上げた。動きがあったのだ。石段の人混みをかき分け下りてくる足軽姿が目に入ったのだ。足軽は下まで降りると、

「おう。ここだ、ここだ」

　おマサと一緒にいる足軽に駈け寄った。

「左源太」

「へい」

　左源太は足軽たちの声が聞こえる距離まで近づいた。周囲が雑踏であっては、たとえ肩をならべて立ちどまっても訝《いぶか》られることはない。

　聞こえる。足軽たちの声だ。

「ほれ、俺のうしろ。いま本殿への参拝を済ませたところだ」

「お、いるいる。分かった」

　おマサにつき添っていた足軽は応え、

「あれだ。いま石段を降りてきた、あの侍だ。供を一人連れた」

「あゝ。あの五十がらみの。分かりました。さあ、あれだ」

おマサは応じ、若い女たちとともに相良藩腰物奉行・村岡伊八郎のあとに尾いた。

(なるほど)

龍之助の脳裡は、おマサの手口を解した。それは左源太、お甲、伊三次にも共通した。あまりにもありふれた掏摸の手口なのだ。だが、どう展開するのか……ただの掏摸ではない。龍之助は、その侍と面識はないのだ。それに騒ぎを起こさせるのが、

(あの女の目的)

であることは、大松の弥五郎の話から分かっている。

「行くぞ」

龍之助は左源太らをうながし、参詣人たちのながれに紛れ込んだ。すぐ人いきれのなかに、おマサとその相方の女たちを取り囲んだ。二人の足軽は、おマサたちから離れた。任務を終えたのだろう。その二人をおマサの仲間と見抜いた龍之助は、すぐさま伊三次に、

「あの足軽二人、いずれの手の者か尾けよ」

命じた。大松一家の若い者が、二人に尾いた。

すぐだった。女たちは善男善女のながれのなかに散った。おマサがその侍を迂回するように前へ人混みをかき分け、二十歳ばかりの女二人が左右に分かれた。野次馬になって騒ぎ立て、侍の怒りときまりの悪さを挑発する役目なのだろう。十二、三の小娘一人がその侍の背後に残った。侍は、女たちにすっかり囲まれている。

（いよいよだな）

龍之助らは小娘との間合いを縮めた。おマサを含め仕掛け人が四人もとは、予想外だった。周囲に何事も気づかれず、身柄を押さえられるのはせいぜい二人だ。

（奉行所から小者を幾人か連れてきておけば）

いささか悔悟の念が走る。

通りに笛や太鼓の音曲はなく、人いきれのなかに生姜や千木筥の屋台売りの声ばかりが聞こえる。喪中のなんとも奇妙な祭りの雑踏である。

そこに事態は進行している。幸橋御門内の松平家上屋敷では犬垣伝左衛門が、

（首尾は如何《いか》に）

知らせを待っていることだろう。

前面に出たおマサが人混みのなかにくるりときびすを返し、標的の侍といくらかの距離を置いて向かい合うかたちになった。おマサには、

(土地の親分のお墨付きがあるサ)

安心感があろう。歩を進めはじめた。人の肩を右に左に避け、標的との距離を縮めた。あと数歩ですれ違う。背だけが見える小娘の身が、こわばったようだ。

「ふむ」

「へいっ」

龍之助は合図を送り、お甲は小娘へさらに近づいた。おマサが標的のふところから掏り盗ったものを素早く小娘に渡し、その直後に標的は騒ぎだす。他の二人の女が野次馬となって騒ぎを助長する。そのためおマサは、わざと気づかれるように掏るはずだ。女二人が騒ごうとしたときにはすでに龍之助がおマサを押さえ、お甲が小娘の腕をつかみ、左源太がその侍に、

「ご安堵を。御用の筋の者です」

声をかけ、伊三次がその場に、

「さあ、なんでもありやせん」

まわりを丸く収め、通りはただの人混みに戻る。

龍之助らは、その算段を立てている。

すれ違った。

「あぁ」

おマサは人に押されたように標的の侍に寄りかかった。

「どうした」

侍は手を差し伸べた。

掏った。紙入れのようだ。

（ん？）

龍之助は首をひねった。算段どおりではなかった。技が鮮やかすぎた。侍はまったく気づかず、おマサは掏ったものを小娘に手渡し、小娘も素早くそれをたもとに隠したものの、騒ぎにはならない。伊三次も龍之助の背後で首をかしげている。つぎの動きを待つ以外にない。だがお甲はすでに小娘へ声をかけ、左源太は件《くだん》の侍に近寄ろうとしている。

展開があった。

「お侍さま、スリ。あたし、見ました」

「えっ」

小娘が件の侍に声をかけ、おマサが驚いたように振り返った。小娘は侍の袖を取りおマサを指している。それがおマサの〝策〟だったようだ。侍が気づかないのを、想定していたのだろう。龍之助は対応した。事態の相違に、お甲もとっさの判断をしていた。

雑踏のなか、

「あっ」

「きゃっ」

おマサと小娘はほとんど同時に声を上げ、その場は一瞬、動きがとまった。龍之助はおマサに身を寄せ、三寸（およそ十糎《センチ》）ばかり抜いた白刃をおマサの右手首にあてていた。

「北町だ。騒げば手首を落とす」

低い声だった。

「ううう」

おマサの呻《うめ》きは、脇を過ぎる者にも聞こえないほどだった。

お甲は小娘の右手首を取り、腋《わき》の下に刃物を刺し込まんばかりにあてていた。手裏剣用の、手のひらに隠れるほど小さな小柄《こづか》だ。

「見てたサ。おまえも目がいいようだねえ」

お甲はささやくように言う。

「あゝ、なんでもねえ、なんでもねえ。神明さんの石段はすぐそこだ。進んでくだせえ、進んで」

雑踏に一カ所だけ動きのとまるのは奇異だ。伊三次は龍之助とお甲のとっさの動きに舌を巻きながらも、身振りをまじえ大きな声を上げた。

「お侍さま、ご安堵を。御用の筋です。掏られたものはすぐ。ひとまず雑踏の外へ」

「ん？　なに!?　おっ、ない！」

左源太に声をかけられ、その侍はふところに手を入れ、はじめて紙入れのなくなっていることに気づいたようだ。

「さあ。歩いてくだせえ、進んでくだせえ。午過《ひるす》ぎにゃもっと混みますぜ」

また伊三次が周囲をうながし、

「さ、お侍さま。ひとまず向こうへ」

左源太は件《くだん》の侍に腰を折り、手で街道のほうを示した。

「おめえもだ、おマサとかいったなあ。あとでじっくり理由《わけ》を聞かせてもらうぜ」

「あっ」

動いたせいか、おマサの手首に血が滲んだ。龍之助はお構いなく、身をすり寄せたまま刀を引かず、

「歩け」

小娘も同様だった。

「うっ」

お甲に腕をとられたままチクリとした腋の下の痛みを堪《こら》え、思わぬ事態に顔面蒼白となり、足も震えているようだった。

お供の中間は事態が飲み込めないのか、まだ怪訝な表情のまま、あるじの動きに従い歩を進めた。

伊三次は前にまわり、それらの動きを先導するように、

「さあさあ、おっとっと。混み合ってますねえ」

言いながら周囲に目配せを送った。近くの人混みのなかに一家の若い衆の顔がチラホラと見える。

街道に出た。祭礼のためいつもより人通りが多い。

龍之助はようやく刀を引いた。引きぎわさらに一筋、

「うううっ」

おマサの手首に新たな血の跡をつけた。なんとしても不可思議な行動の背景を糺《ただ》す……龍之助の覚悟を示すものであった。おマサは感じたか、お甲になおも切っ先をつ

けられ、すくみ上がっている小娘同様、顔面蒼白になった。もう逃げられない。

「いったいこれは」

件《くだん》の侍は、ようやく事の進捗《しんちょく》を解したようだ。

「それがし、北町奉行所同心にて鬼頭龍之助と申す」

龍之助は十手をふところから取り出し、

「いましばしご足労願いたく」

慇懃《いんぎん》に言い、

「歩けっ」

十手の先でおマサの背を押した。宇田川町の方向である。街道から枝道へ入ったところに、宇田川町の自身番はある。伊三次の姿はいつのまにか消えていた。進む一歩ごとに、祭りの雰囲気から遠ざかった。

五

龍之助には、やはり驚愕であった。

「おう。場を借りるぜ」

宇田川町の自身番におマサの背を押し入れたときである。

「紙入れをここで返してもらえぬか。武士が町家の自身番に入るのは、いろいろと不都合ゆえ」

その侍は言った。敷居をまたげば、自身番の控え帳に名が記《しる》される。掏摸の被害者として名を残すのは、

(武士の恥)

気持ちは分かる。だが、この侍の素性を確かめるのは、おマサの背景を知る重要な手掛かりになる。龍之助は自身番の腰高障子を背に、あらためて侍の顔を見た。侍は名乗った。自身番の外なら差し支えはない。

「それがし、相良藩腰物奉行にて、村岡伊八郎と申す」

予測していたとはいえ、やはり現実に聞けば驚かざるを得ない。

「相分かりもうした」

思わず出そうになった驚きの声を呑み込み、龍之助は冷静に言った。

「お甲。このお方の紙入れをこれへ」

自身番の中に声を投げた。

龍之助の処置に、村岡伊八郎は鄭重に礼を述べ、

「帰るぞ」

供の中間をうながした。

村岡伊八郎はなにも気づいていまい。だが龍之助には、街道への角を曲がる村岡伊八郎の背に、

（……松平家）

おマサを使嗾《しそう》している背景が明確に見えてきた。あとは、おマサの口から聞き出すばかりである。村岡伊八郎の背が街道への角に消えると、

「容赦はいらぬ。締め上げるぞ」

勢いよく宇田川町の自身番の敷居をまたいだ。

自身番の三和土《たたき》の壁には、御用提灯や捕縄《とりなわ》に突棒《つくぼう》、刺股《さすまた》などの捕物道具がならべられ、町役詰所の畳部屋の奥には、町内で捕えた胡乱《うろん》な者をつないでおくための、板張りに板壁の部屋がある。柱には縄尻をつなぐ鉄の鐶《かん》が取り付けられている。

畳部屋にいた町役や書役たちに慌てたようすはない。

「──ダラダラの期間中、神明町で捕えた女掏摸を暫時預かってもらうことになる」

龍之助は事前に渡りをつけていたのだ。この日、甲州屋右左次郎は詰める日ではなかったようだ。

「これは旦那。二人とも、もう奥へ」

詰めていた町役たちはそれぞれに板張りの部屋を手で示す。

入ると、左源太とお甲がおマサと小娘を座らせ、うしろ手に縛った縄尻を柱の鐶につないだところだった。

いきなりだった。

「松平の屋敷からいくらで請負った！」

「ぎえっ」

龍之助の十手がおマサの首筋を激しく打った。

「さあ、有り態に申せ」

「松平さまのお屋敷？　し、知りませんよ、そんなの」

おマサが初めて口をきいた。策の失敗を悟ってから、

（なんでこんなことに……土地の大松一家はいったい？）

小伝馬町の牢に引かれる恐怖心とともに、頭をめまぐるしく回転させていたことだろう。龍之助はつづけた。

「さっきのなあ、尋常な掏摸の所業には見えなかったぜ」

「ふん」

おマサは横を向いた。雇い主への仁義は心得ているようだ。小娘はただ恐怖に打ち震え、肩もうしろに縛られた手も震わせているのが、憐れに見えるほどだった。無理もない、まだ十二、三歳の子供なのだ。

「さあ、聞かせてもらおうかい」

龍之助は十手でおマサの骨ばった頬をゴツンと叩いた。痛かったのが、音からも分かる。

「旦那ア、そこまでしなくても」

お甲が口を入れた。

「うるせえ」

龍之助は一喝し、またおマサに向かい、

「おめえが女掏摸の一家を率いてるってのは、とっくに奉行所はお見通しだ。祭りの神明町を張ってたら、そこへおめえがのこのこやってきやがった」

そう言ったのは、大松の弥五郎や伊三次への、龍之助の仁義である。おマサは反応した。

「えっ。大松一家が密告《さ》したのじゃないので？」

「密告した？　なんでえ、それは。おめえが大松に所場代でも払ったとこを押さえりやあ、あいつらも一緒に引っくくれるんだがなあ。どうだい、それも吐いちまえ」

「ふん」

おマサはまた横を向いた。

龍之助は吟味の方向を変えた。

「おめえ、石段下でみょうな足軽風情たちとつなぎをとり、端《はな》からあの侍を狙ってたようだが、相手を誰だか知ってのことかい。場合によっちゃおめえ、首が飛ぶかもしれねえんだぜ」

「し、知りませんよ。あたしゃ足軽さんたちにあの人をって言われただけなんですから。あっ」

言ったおマサはしまったといった表情になった。手の自由が利いていたなら、思わず口を押さえていたところだろう。

「ふふ。ぬかしやがったな。あの足軽さんたちたあ、松平家の足軽だよなあ。さあ、はっきり言いねえ。で、差配してたのはなんてえ侍だ」

「知りませんよう」

おマサはまたプイと横向きになった。

「そうかい。だったら、こっちの小娘に訊こうかい」

龍之助は小娘に視線を向けた。恐怖に表情を引きつらせ、うしろ手のまま小娘はあとずさった。

「あ、その娘《こ》、なんにも知りませんよう。あたしに言われたとおりやってるだけの娘ですよう」

「そう、そうですよ」

情のかけらもないような顔つきに反し、おマサは小娘をかばうように吐き、なんとお甲がその言を引き取り、

「その娘《こ》はあたしが」

言ったときだった。

「鬼頭さま。ちょいとご足労を」

板戸の外から町役が声を入れた。なにやら意味ありげな呼び方だ。

「おう」

龍之助は腰を伸ばし、

「女同士だ。おめえに任すぜ。左源太もお甲を助《す》けてやんな」

部屋の外に出た。

畳の部屋に、伊三次と甲州屋右左次郎が来ていた。

伊三次は低声をつくった。

「さっきの足軽ども、幸橋御門を入り、松平屋敷の通用門に入っていったとのことです。それから、一緒にいた女二人でやすが、旦那らのあとを尾け、おマサと小娘がここへ引かれたのを確かめると、引き揚げやした」

「どこへ」

「大松《うち》の手の者が尾《つ》けておりやす」

さすがは大松一家の代貸である。やることにぬかりはないようだ。

甲州屋へは、足軽たちが松平屋敷とあって伊三次が気を利かせ、つなぎをとったようだ。商舗《みせ》は自身番から近い。さらに伊三次から概略を聞かされているのか、

「松平さまのお屋敷でさような策は、きっと次席家老の犬垣伝左衛門さまでございましょう」

耳打ちするように言った。相良藩田沼家の村岡伊八郎といい、白河藩松平家の犬垣伝左衛門といい、龍之助には初めて聞く名ばかりである。だが、これまで予測の域を出なかったものが、

(やはりそうだったのか)

具体的に像を結び、

（俺は救ったのだ……崖っぷちの父上を）

いまはっきりと、その思いが込み上げてきた。松平家は、田沼家の家士に町家で乱暴狼藉を働かせ、田沼意次追い落としの道具の一つにしようとしていたのだ。

さらに脳裡はめぐった。松平家の次席家老ともあろう者が、足軽以外に首尾を見届ける人員を出していないなどあり得ない。おマサが失策《しくじ》ったことも、宇田川町の自身番に引かれたことも、すでに犬垣伝左衛門とやらの耳に入っていよう。このあと奉行所に引かれたなら、松平家に雇われた事実が御留《おとどめ》書《がき》に記載される。これから柳営に重きをなそうというとき、いかなる些細なことでも蟻の一穴となり、将来にいかなる禍根を呼ぶことになるかしれない。

（なんらかの手を打つはず）

板敷きの部屋に戻った龍之助に、伊三次もつづいた。

「あ、大松のお人」

おマサは声を上げた。

「すまねえ、おマサさん。こちらの旦那のほうが、俺たちより一枚上だったってことよ。だがな、この旦那、話の分からねえ人じゃねえ。だから厄介な神明町の自身番じゃなく、こっちの自身番に引きなすったんだぜ。ま、それだけ言いたくって、おめえを八丁堀に落とさせた恥を忍んで、わざわざ顔を出したと思ってくんな」

かすかに、おマサの顔に安堵の色が走った。おマサの釈放を……などと、龍之助に頼みに来たのでも牽制に来たのでもない。おマサの目的は、掏摸などではなかった。人を嵌《は》めるようなお先棒を担いだにすぎず、それは入墨の対象にはならない。それ相応の幕引きを、目の前で龍之助に求めれば、大松一家のおマサに対するうしろめたさはいくらか解消しよう。

「ふむ」

龍之助は肯是《こうぜ》するように頷いた。与太同士のそうした仁義を解するのも、龍之助ならではのことである。

「それじゃあっしはこれで」

伊三次は板張りの間から身を引いた。そこはふたたびおマサと小娘、龍之助とお甲に左源太の五人となった。町役や書役たちは、畳敷きの詰所で奥のようすに気を配っている。町内に掏摸を二人も留めおくなど、使う神経と費消を思えば、気が気でないのだろう。


松平屋敷である。

龍之助の思ったとおり、

「なんと！　町方に押さえられた⁉　で、いまどうなっておる？」

物見《ものみ》の報告に、次席家老の犬垣伝左衛門は驚愕し、

（まずい）

不安とともに心ノ臓を高鳴らせ、後始末の〝策〟に腐心していた。

宇田川町の自身番では伊三次が、

「町役の皆さま、お手数おかけいたしまする」

慇懃に挨拶し、外へ出たところである。板張りの間でお甲が待っていたように、

「旦那。ちょいと」

龍之助の袖を部屋の外へ引いた。

「あっしが見張っておきまさあ」

左源太も、お甲の行為に合意しているようだった。

「なに。どうしたい」

龍之助は応じ、ふたたび廊下に出たときだった。

「鬼頭さま。お武家が女掏摸のことで」

廊下にすり足をつくった甲州屋右左次郎が、龍之助へ急ぐように耳打ちした。

「松平さまのお屋敷で、見覚えのある顔です」

(さっそく来たか)

龍之助はお甲よりも、武士への応対に出た。中間二人をともなった、細い目つきに眼光のみが鋭い、四十がらみの武士だった。

「こなたに不審な女が二人、留め置かれていると聞く。当藩ゆかりの者と思われるゆえ、町方に迷惑はかけられず、引き取って当方で吟味いたしたい。なに、藩？　そなたも武士ならお分かりじゃろ。いかがわしき女なれば藩の名誉に関わることゆえ、ご容赦願いたい」

甲州屋右左次郎をはじめ、居合わせた町役や書役たちも、武士に同調する目で龍之助を見つめた。事前に頼まれていたこととはいえ、引き取ろうという者が現れたからには、早く厄介払いがしたいのだ。

(俺のやるべきことは、もう終わった。俺はやったのだ、父上のために)

脳裡をめぐった瞬間、龍之助の口は開いていた。

「いいでしょう。参詣客に被害者が出たわけでもござらぬゆえ」

あまりにもの龍之助のあっさりした対応に、訪れた武士も含め一瞬周囲は拍子抜けの態《てい》になり、すぐさま武士は、

「それはかたじけない。ではさっそく」

　機を逃すまいと即応し、

「おーい、その二人、縄を解いてやれ」

　龍之助も奥へ声を投げ、右左次郎ら宇田川町の町役に向かっては、

「きょうのこと、あえて控え帳に書きおく必要はなし」

　ようやく安堵の空気が自身番に満ちた。それは当然ながらおマサと小娘に顕著に見られ、左源太とお甲の表情にも感じられた。

　武士はおマサと小娘を引き取り、そこへ屋敷出入りの甲州屋がいるのに気づいたか、見送ろうと三和土まで降りた右左次郎に、

「そのほう、みょうな詮索は無用ぞ」

　低声で言っていた。むろん右左次郎はさりげなく応じ、龍之助と目を合わせた。二人にとっては、武士がみずから松平家の家臣と名乗ったようなものである。しかもその武士は無用心で、宇田川町の自身番を出ると幸橋御門のある北方向へ、中間二人におマサと小娘を護衛させるように歩をとった。尾ける者がいないか、背後を気にするようすもない。こうもあっさり町奉行所の同心が応じたことに、武士は拍子抜けしたのかもしれない。

「じゃまをしたな」

そのあとすぐの龍之助の言葉に、あらためて宇田川町の自身番の面々はホッと安堵の溜息を洩らしていた。

龍之助も、

(これで一件落着)

このときは思った。

六

「へへ、兄イ。ホッとしやしたぜ。あのお武家と兄イがなんの悶着も起こさずに」
神明町への道すがら、左源太は明らかに、おマサたちを放免したのを肯是《こうぜ》するような口調で言った。
龍之助にすれば、
――えっ、放免！　こいつら、巾着切りですぜ
――そうですよ
と、左源太もお甲も、不服を口にも顔にも出すと思っていたのだ。

「ん？　どうしてだ。それにお甲。おめえ、さっき俺になにか言いかけたようだが」

「それなんですよ、龍之助さま」

お甲は待っていたように応じた。

女と互いに響き合うものがあったようだ。それは、二人を神明町から宇田川町に引くあいだにも、お甲だけでなく左源太も感じとっていたのかもしれない。龍之助がおもてで武士に対応しているほんのわずかな時間に、お甲は多くを聞き出していた。おマサもまた、話したかったのかもしれない。おマサは同類のにおいを、お甲や左源太に嗅ぎとっていたのだ。

「——あたしゃねえ、親の顔も名も知りませんよ。もの心ついたときには、もうこの稼業サ。この嫌な垢《あか》、体に染みついて洗いようもないサ。体そのものが垢になっちまってんだから。だけど、この娘はねえ……」

おマサは言ったのだった。小娘の名はおイトというらしい。川越街道の宿場町だったという。

「——親からねえ、旅の一座に売られたのサ」

お甲のたどった道である。

「——お江戸に出てきて、なにが辛かったのか逃げ出したのサ、一座をネ。泥にまみれ、お腹を空かしていたのを、あたしが拾ってやったってわけサ。それから一年、無口な娘でねえ。まだこの稼業に染まっちゃいないサ」

　背中合わせに縛られ、おイトはこくりと頷き、お甲と左源太は目を合わせた。

「ほう、そうだったのかい」

　龍之助は頷いた。三人の足はもう、神明町の雑踏に入っている。

「なあ、兄イよ」

　左源太がお甲のあとを引き継ぐように言った。

「お仲間みてえなのが、あと二人いたよなあ。あいつらだって、なにも好きで巾着切りなんかやってるんじゃありやせんぜ、きっと」

「かもしれねえなあ」

　龍之助の応じ方は、左源太とお甲の心中を体したものとなっていた。

「おや、三人おそろいで」

「おう、父《とっ》つぁん。稼ぎになってるかい」

　占い信兵衛の皺枯《しわが》れた声に左源太が返し、

「おっとっと」

　人混みに押され、通り過ぎた。

割烹の紅亭に落ち着き、

（はやく蠣殻町に事の成り行きを）

龍之助の気は逸《はや》ったが、直接の訪《おとな》いは禁じられている。

（あした茂市を遣いに出しても、遅くはあるまい）

早く報告したい気持ちを抑《おさ》えた。


二人の女を尾けた大松一家の若い者が帰ってきたのは、龍之助が割烹の紅亭で一息入れ、夕刻近くになった時分だった。左源太はとっくに長屋へ戻って千木筥の薄板削りをはじめ、お甲は仲居の仕事に入っていた。伊三次は配下を連れ、地回りに出ている。割烹の紅亭が夕刻近くから忙しくなるのは、喪中のなかでの祭りであっても変わりはない。

「こいつらの話じゃ、市ケ谷の八幡町らしいですぜ」

「ほお、そうかい。ご苦労だったなあ」

大松の弥五郎は言うが、龍之助はすでに、

（終わった）

思いがある。尾けて行った二人を弥五郎は部屋へ呼んだが、ねぎらいの言葉をかけただけで、あとはさして興味を示さなかった。

代わりに弥五郎が若い者に訊いた。

「おめえら、あの女どもの塒《ねぐら》は確かめたろうなあ」

「そりゃあもう。八幡宮の裏手でさあ。旦那が行きなさるんなら、いまからでも案内いたしやすぜ」

若い者は言っていた。


そのあとだった。龍之助はせめて祭りの気分をと紅亭で、弥五郎と地回りから戻ってきた伊三次を相手に軽く一杯ひっかけ、

「そろそろ帰るぜ」

きょう一日の終わりに満足を覚え、腰を上げたときだった。外はもうすっかり暗くなっている。仲居姿のお甲が、奥の部屋へ飛び込んできた。

「甲州屋さんが、松平屋敷のことで火急の用と」

「なに、松平屋敷？　なにかあったのか」

弥五郎は立ち上がり、伊三次もそれにつづいた。

「ここへ通せ」

龍之助は立ったまま言った。お甲はそれを誘うほど緊張した表情になっていた。その緊張は、玄関に訪いを入れた右左次郎の表情をそのまま写しとっていたのだ。部屋に入るなり右左次郎は特徴的な金壷眼を見開き、

「やはり鬼頭さま、こちらでございましたか。そう思い、ここへ駈けつけたのでございます」

「ふむ。まず、座って聞こう」

急を告げる言いように、龍之助はふたたび座を示し、

「お甲。おめえもだ」

「あい」

お甲は龍之助の横にならんで座った。右左次郎をまじえ、円陣ができた。

「あのあとでございます」

宇田川町の自身番に平穏が戻り、何事もなく夕刻を迎えた時分だった。ちょうど市ケ谷八幡町から大松一家の若い者が帰ってきたころのようだ。

「松平さまのお屋敷から、家士の方が手前どもの商舗《みせ》へ一人でお見えになり。そう、鬼頭さまもご存じの、ほれ、きょうの昼間ですよ。女掏摸を引き取りに来たあの方でございます。久島治五郎《ひさじまじごろう》さまと申されました。なんでも次席家老・犬垣伝左衛門さま

の配下で、足軽大番頭《おおばんがしら》のお役職とか」

　組頭を束ねる役職である。おマサが気にしていた向山俊介の後釜は、この者が務めているようだ。

「あゝ、あの目つきのあまりよくない武士、久島治五郎と申すか。で、いかに？」

　久島治五郎は慌てた口調で、

「――すぐそれがしと屋敷へ同道せよ」

　言ったらしい。有無を言わせぬ勢いに、

「わたくしは丁稚も連れず、久島さまに同道いたしました。通用門からでございました。一歩なかに入ると」

　緊張したような、異様な雰囲気だったという。

「すぐさま犬垣伝左衛門さまの目通りがあり、昼間の女掏摸二人の、小娘のほうが屋敷より逃げたゆえすぐさま找《さが》しだし、当屋敷に連れてまいれとの下知でございました。お屋敷へ行く途中にも、足軽や中間が慌しく走っているのを見かけましたが、そのゆえだったのでございましょう。もちろん、年増の掏摸はいまどうしているか訊《たず》ねました。お答えはありません。小娘を找すのは極秘にて、探し出せば向後の献残物の扱いは手前ども一手に任せよう……と」

幸橋御門内の武家地では見つからず、町家の甲州屋に助力を求めたのであろう。それに献残物の一手扱い……利益誘導である。しかも向後の松平家とあれば、その利は目もくらむほど大きいだろう。

「甲州屋さん。あんた、それを俺たちに助《す》けろと？」

「滅相もありません」

大松の弥五郎の言に、右左次郎は顔の前で手のひらを大きく振り、

「手前ども宇田川町の甲州屋、江戸では名の知れた献残屋でございます。小娘の命と引き換えに利をむさぼるような、吝《けち》な商いはいたしませぬ」

「なに？　そなた、いまなんと言った」

甲州屋右左次郎の言葉に、龍之助は問い返した。〝小娘の命〟と、右左次郎は言ったのだ。

「あっ、分かった」

突然、お甲が声を上げた。

「きっと、おマサさん、口封じに松平屋敷で殺されたんだ。それでおイトちゃん、びっくりして逃げだした。屋敷じゃ小娘と思って油断してたのよ、きっと」

「さようにしか考えられませぬ。だからこうして、なにはともあれ鬼頭さまにお知ら

せをと思い」

久島治五郎なる松平家の家臣が宇田川町の自身番に来たとき、そこへの懸念までしなかったのが悔やまれる。

「許せない。あたし、おイトちゃん、助けたい！」

「ふむ。どうやらここに集《つど》った面々、おなじ思いのようだな。なあ、大松の」

「へえ。一家を挙げて、合力させていただきたいような……」

「ならばあたし、左源の兄《あに》さんに」

「あっしがひとっ走り行ってきまさあ」

お甲が言ったのへ伊三次がつなぎ、もう部屋を出ていた。

（蠣殻町への報告は、この一件をかたづけてから）

龍之助は思った。もちろん松平屋敷を断じて許せない気持ちは、お甲とおなじである。それにもう一つ、松平家の仕組んだ田沼家追い落としの策を潰したばかりでなく、逆に田沼家の松平家に対する、反撃の材料を意次に提供できるかもしれないのだ。

四　報復の手

一

部屋の空気に合わせたか、行灯《あんどん》の灯りが揺れている。

「おマサどもが松平の足軽と一緒に来たということは……」

「あっ。松平はあの女掏摸《すり》どもの塒《ねぐら》を知ってるってえことに……」

代貸の伊三次《いさんじ》が言ったのへ、左源太《さげんた》がすかさずつないだ。割烹紅亭《かっぽうべにてい》での談合はまだつづいている。

「おう、伊三次。おマサの配下を尾《つ》けて行った者《の》をここへ呼べ」

「へい」

大松《だいまつ》の弥五郎《やごろう》が言ったのへ返したとき、伊三次はすでに廊下へ足音を立てていた。

「急ぐぞ」

鬼頭龍之助《きとうたつのすけ》も腰を上げ、左源太とお甲《こう》は、

「がってん」

「あたしも」

部屋を飛び出す体勢に入っていた。

「ならば、わたくしは商舗《みせ》で吉報を待っております」

「待ちねえ」

弥五郎につづいて立ち上がった甲州屋右左次郎《うさじろう》を、龍之助は呼びとめた。

「はい。なにか？」

「甲州屋さん、あんた、どうしなさる」

甲州屋右左次郎は、松平家次席家老の犬垣伝左衛門《いぬがきでんざえもん》からおイトの探索を依頼され、見つけ出せば献残物《けんざんもの》の一手扱いまで約束されているのだ。

「申しましたでしょう。甲州屋《うち》は〝小娘の命と引き換えに利をむさぼるような、吝《けち》な商いはいたしませぬ〟と」

右左次郎は言った。

「ありがたいですぜ、甲州屋さん」

龍之助の横顔を窺うように見ていた大松の弥五郎は右左次郎に視線を据え、互いに頷きを交わした。

「うむ」

龍之助も頷きを見せ、

「護るのは、逃げだした小娘だけではないぞ。すでに塒《ねぐら》へ戻っている女二人もだ。ほかにまだいたら、そいつらもな。松平は根こそぎ消そうとするはずだ」

つけ加えるように言った。

市ケ谷まで女二人を尾けた若い者が、部屋の廊下へ駈け込んできた。すでに事態の経緯を伊三次から聞いていたのか、

「へい。案内いたしやす」

部屋へ顔をのぞかせるなり、玄関のほうへくるりときびすを返した。

松平屋敷は女たちの塒を知っている。本郷弓町の相良《さがら》藩上屋敷の門前から、腰物奉行の村岡伊八郎《むらおかいはちろう》が出てきたのをおマサに告げるため市ケ谷に走った足軽が、こんどは口封じの刺客を案内し向かっていることであろう。急がねばならない。

紅亭の女将が町駕籠を呼んだ。三挺、龍之助と弥五郎、それにお甲である。お甲は目立たぬよう、仲居姿のままだ。が、ふところには手裏剣を忍ばせている。すっかり

その気になっている。

　将軍家の喪中とはいえやはり祭りである。家々の軒には夜の帳《とばり》が下りてからも軒提灯や高張《たかはり》提灯がならび、人出もまだ絶えない。

「鬼頭の旦那。女掏摸どもを助けたあと、どうしやす。番屋に引きなさるかね」

「考えておらん」

　駕籠に乗る直前、弥五郎が低く口早に質《ただ》したのへ龍之助は応《こた》え、

「捕まえなきゃならんのは、襲ってきた侍たちのほうだ」

　駕籠尻《かごじり》が上がった。三挺が一斉に、

「行くぜ」

「おうっ」

　紅亭の前を離れた。

　街道には出ず、増上寺の壁に沿った近道を進む。すでに神明町を出ており、さすがに人通りはない。

「ヘイッホ、ヘイッホ」

　担ぎ棒に吊るした小田原提灯が、人足のかけ声に合わせ激しく揺れる。大松一家の若い者が先導し、伊三次に職人姿の左源太、大松一家の若い者が数名つづいている。

お甲のふところに手裏剣があれば、当然左源太も腹当の口袋《こうたい》に分銅縄《ふんどうなわ》を幾本か用意しており、神明宮名物の生姜《しょうが》も入っている。

四ツ谷御門前の町家を過ぎ、市ケ谷八幡町の灯りが見えてきた。外濠《そとぼり》に沿った往還だが、市ケ谷御門の前だけは市ケ谷八幡宮を擁しているため道幅が広場のように広がって常店《じょうみせ》の蕎麦《そば》屋や菓子屋、煮売り酒屋が軒をつらね、濠端《ほりばた》には簀張《よしずば》りの茶店がならび、紅いたすきに派手な前掛の茶汲み女たちが、昼間はむろん夜に入っても客引きの黄色い声を道行く人に投げている。毎日が縁日のように賑わっているのだが、さすがに将軍家の影響か、黄色い声がいずれも遠慮気味で小さいようだ。

「おぉい。とめろ、とめろ」

それらの茶店がならぶ手前で、大松の弥五郎が人足に声をかけ、三挺の提灯が一斉にとまった。

「おう。ここからおめえら、鬼頭さまと左源太どん、お甲さんを件《くだん》のところへ案内してさしあげろ。伊三次、鬼頭さまの手足となって指図どおり動くのだ。よいな」

「へいっ」

伊三次に大松一家の若い衆は一斉に返事を返した。若い衆がたすきに鉢巻でもしていたなら、用心棒の侍を擁した遊侠一家の殴り込みのように見えるかもしれない。それを差配しているのが、奉行所の同心なのだ。

「それじゃあ鬼頭さま。ちょいと一言《ひとこと》入れておきまさあ」

大松の弥五郎は別行動をとろうとしている。

「頼むぞ、弥五郎。さあ、案内せい」

「へいっ」

龍之助の号令に、伊三次らはまた一斉に返事を返した。

大松の弥五郎は一人で、市ケ谷八幡町の貸元へ挨拶に行ったのだ。芝神明町の大松一家の者が、市ケ谷八幡町の女掏摸一味をめぐって一騒動起こそうというのだ。しかも八丁堀が一緒である。八幡町の貸元にすれば、神明町の同業が二足草鞋《わらじ》でいきなり踏み込んできたようなものである。

八幡町の貸元の住処《すみか》は、繁華な外濠沿いの通りから枝道に入り、八幡宮の石段下に近いところにある。

「おう、八幡町の。いるかい」

大松の弥五郎は玄関に入るなり、脇差を応対に出た若い者に預けた。八幡町の貸元は、いずれかの賭場に出ていたのか不在だったが、若い者が走るとすぐ戻ってきた。脇差を預けた弥五郎の挙措《きょそ》に、なにやら重大事を感じたのだろう。捨蔵《すてぞう》といった。貸元のあいだでは〝八幡の捨蔵〟が通り名で、土地《ところ》では捨蔵一家と呼ばれている。大柄で、顔の造作もなかなか押し出しが利きそうで、小柄で愛嬌のある大松の弥五郎と見かけは対照的だ。

弥五郎は捨蔵にいきなり言った。

「老中になった大名家の侍相手に、この縄張内《しまうち》で血の雨を降らさせてくれねえか」

八幡の捨蔵は仰天したが、同時に目を瞠《みは》った。八幡宮の門前町とはいえ、市ケ谷御門のすぐ外でまわりを武家地に囲まれている。八丁堀が入らなくとも、二本差しからの圧迫を常に感じているのだ。

当然と言うべきか、八幡の捨蔵はおマサを知っていた。八幡町で稼ぎはしないとの約束で、

「住まわせてやってるのさ」

とのことらしい。かなりの上納金を取っているのだろう。そのおマサの一味が、松平屋敷の手先になって、

「その働きの場所が俺の縄張内だったもので、八丁堀と組んで防いだ。その所為《せい》で逆におマサは松平家の屋敷で殺され、他の女たちも口封じに根こそぎ狙われている。関わった以上、女たちを護らにゃならねえ義理ができちまった。どうだい、目を瞑《つむ》っち

ゃくれねえか。女どもを八丁堀に引かせるようなことはしねえ。侍どもを押し返し、場合によっちゃ八丁堀が縄にかけるかもしれねえ。いずれ今夜中にカタはつこうよ。土地には一切迷惑はかけねえ。それまで俺はここに残ろうじゃねえか」

八丁堀に手柄を立てさせて機嫌をとったり、まして勢力拡大の縄張荒らしなどではないとの証《あかし》に、自分が人質になろうと言っているのだ。

「神明町の。その八丁堀の役人、ずいぶん変わったお人のようだなあ。おもしれえ。あしたの朝まで、おめえと一緒にここでようすを見させてもらうことにしようじゃねえか」

市ケ谷八幡町の貸元は承知し、さらに言った。

「弥五郎どんにここで休んでもらう代わりといっちゃなんだが、こっちからも人を出させてもらおうじゃないか」

二

八幡宮の裏手である。裏店《うらだな》の入り口が、ぽっかりと闇の中に口を開けている。人通りはない。おもての通りには軒提灯がならんでいても、このあたりは日暮れとともに人通りは絶え、まだ木戸が閉まる時刻ではないが、月夜でないかぎり油を惜しんで住人たちの寝入るのは早い。

「あそこでさあ、左源太の兄イ」

「あそこかい。俺の住んでいる長屋とおなじだぜ」

「いや。あの長屋と背中合わせの小さな平屋の一軒家だ。長屋の路地を抜ければそこの裏手に出る」

物見《ものみ》に出た大松一家の若い者と左源太が低声《こごえ》を交わしている。玄関口のほうには、松平屋敷の家士らがもう詰め寄せているかもしれない。龍之助とお甲、伊三次に数人の若い者は、近くの物陰に身を潜め、左源太ら物見の報告を待っている。

「おう、やはりここでしたかい」

と、捨蔵一家の者が合力《ごうりき》を告げに来て、

「待つなら、もうすこし近くのほうがよござんしょ。長屋の者をそっと起こし、話をつけまさあ」

助言するように言った。さすが土地の一家だけあって、龍之助たちの身を潜めている場所はすぐに見つけたようだ。潜んでいた一群の影が、捨蔵一家の者に先導され、闇の中を移動した。

左源太と大松一家の若い者が、

「兄イ、足元に気をつけなせえ」

「分かってらあ。長屋のドブ板なんざ、どこでも似たようなもんでえ」

声を交わしながら戻ってきた。

「おう、こっちだ」

長屋の中から不意に聞こえた伊三次の声に驚いたように立ちどまった。一番奥の、女掏摸たちの塒に最も近い部屋だった。住人たちは日ごろから女掏摸の塒を胡散《うさん》臭い目で見ていたようで、奉行所の同心がそこへ手を入れるとなれば、寝入りを起こされても協力的だった。捨蔵一家が同心の露払いをしていると思ったのだろう。

九尺二間の長屋の部屋の中に龍之助らは息を殺し、

「へい。申し上げやす」

左源太は岡っ引の同心に対する口調をつくった。

〝敵〟は、来ていた。

「影が三つばかり、いずれも二本差しでやした。塒の玄関の前を、アホじゃねえでしょうかねえ。火の入った提灯をかざしたまま行ったり来たり、中を窺《うかが》っているようでやした」

火の入った提灯をかざしたままとは、闇討ちの刺客にしてはお粗末だ。だが、松平屋敷は相応の使い手を出してきていようか。あるいは、白河藩足軽大番頭《おおばんがしら》の久島治五郎が直接出張っているかもしれない。刺客の人数はもっと多く、幾人かが提灯をかざさずに近くの物陰へ潜んでいるのかもしれない。

「よし、分かった」

龍之助は捨蔵一家の者から近辺の地形を聞き、

「左源太、お甲。よいか」

その場で〝策〟の談合に入った。策を立てるのに、伊三次と捨蔵一家の者が存念を述べた。捨蔵一家も、遣いには伊三次と同格の代貸を寄越したようだ。話し合った内容は、捨蔵一家の縄張内では派手な立ち回りは控え、捕えた侍は八幡町ではなく神明町の自身番に引き、殺してしまったときは死体を速やかに他所へ運び八幡町に痕跡を残さない、というようなものであった。

「よかろう」

龍之助は返した。

「行くぞ」

「へい」

龍之助に一同は応じ、黒い影が長屋の路地に立った。左源太とお甲だけが路地を出て左右に散った。長屋の部屋を出しな、

「これならやっぱり、絞り袴にするんだった」

お甲は着物の裾をゆるめ、たすきをきつく締めた。

他の者はすべて、路地の奥から直接、女掏摸たちの塒の裏手に出た。

気のせいではない。小振りな家の中に、緊張の充満しているのが感じられる。

「なるほど、小娘が幸橋御門から逃げ帰り、姉貴分の女たちに屋敷のようすを話したのだろう」

「そのようで」

龍之助が低声を闇に這わせたのへ、伊三次は返した。当然、捨蔵一家の代貸の話から、女掏摸の人数は分かっている。おマサを頭《かしら》に、若い女二人に小娘のおイトの四人だけだった。ということは、いま建物の中で怯《おび》えているのは、

(三人)

護るに難《かた》くない人数だ。

捨蔵一家の代貸が、裏の勝手口を軽く叩いた。

「だれ？　だれなの！」

反応は即座だった。女たちは、おもての玄関口に提灯の灯りが行き来するのに気づき、逃げる算段をしていたようだ。おもての提灯の動きは、明かりのない屋内の気配を探り、まだ踏み込むのを躊躇しているのを示していようか。

「俺だ。捨蔵一家の……」

代貸はくぐもった声を戸のすき間に入れた。

「あっ、代貸さん！　あたしら、あたしら……」

「しーっ、静かに。助けに来たんだぜ。いまから言うとおりにしねえ」

「は、はい」

板戸が開いた。そこに多数の影が立っているのに女たちは驚いたか、慌てて戸を閉めようとする。

「待ちねえ」

「い、いったい、これは！」

捨蔵一家の代貸は足でとめ、上ずった女の声に、

「静かにしねえか。だから言ったろう、助けに来たってよ」

低い声をかぶせた。

「そういうことだ。おめえら、死なせはしねえ」

二本差しが一歩進み出たのへ、

「えぇえ！」

夜目にもその影は奉行所の同心と分かる。女たちはさらに驚き、

「そうさ、八丁堀だ。悪いようにはしねえ。そこにうずくまっている小娘、おイトとかいうのだろう。すべて分かってるぜ。幸橋を、よく渡って来られたなあ」

いたわるように龍之助がおイトの名まで言ったのへ、女たちはかえって観念にも似た安堵の態となり、ようやく裏口は静かになった。

おもてでは、

「おい、お甲。これを」

物陰で、左源太は腹当の口袋から生姜を二本とりだし、

「噛め」

「また？　わっ、酸っぱい」

「だからよ、身が締まるのよ。これこそ、神明さんの御利益だぜ」

左源太も噛み、

「ううっ。締まるっ」

ふたたび口袋に手を入れた。分銅縄がその手に握られた。

屋内では、

「さあ、しばらく向こうで潜んでいねえ」

長屋へ避難するよう、女たちに捨蔵一家の代貸が指図した。

「は、はい」

女たちは従おうとしたが、その動きがぎこちない。

「うっ、これは」

龍之助が声を上げた。血の臭いだ。

「どうした。話せ！」

「はい。おイトちゃんが玄関の戸を叩き、あたしが開けると、走り寄ってきたお侍がおイトちゃんにいきなり」

斬りつけたらしい。おイトは血潮を噴きながら玄関の中へ倒れ込み、

「そこへおもてに通行人があり、お侍の姿は見えなくなり……」

やはり松平家の家士はおイトが塒へ逃げ帰ってくるものと予測し、待伏せていたようだ。龍之助は合点した。松平家の家士たちはおイトを斬るのと同時に踏み込み、他の二人も瞬時に斃《たお》し、なに喰わぬ顔で引き揚げるつもりだったのだろう。ところが一人の通行人のため、その算段が崩れた。提灯は、つぎの策を思案しながら玄関前を行

ったり来たりしていたのであろう。

(それにしても)

龍之助には思えてくる。斬られたおイトは悲鳴を上げず、抱きかかえた姉貴分の女たちも、往来人が気づかぬほど物音一つたてず、かつ即座に行灯の火を消し、あたりを闇にしたようだ。

(さすが、世間に隠れる掏摸一味)

闇は不気味で〝敵〟に踏み込む恐怖を与える。上出来だ。それに女たちは、おイトを見捨てて逃げ出さなかった。動きがぎこちなかったのは、闇のせいではない。おイトを抱きかかえようとしていたのだ。

「動かすな。明かりを早く！　このまま進めるぞ」

龍之助は差配した。伊三次配下の若い者二人がすぐ長屋へ火の調達に走り、龍之助と伊三次、捨蔵一家の代貸が手探りで玄関口に身構えた。外では屋内に動きのあることに気づいたはずだ。いつ踏み込んでくるか分からない。灯りを入れるのは外に変化を悟らせ、慌てて踏み込んだ家士たちに玄関口で不意打ちをかける。女たちを避難させることを除いては、当初からの策である。灯りには、さらにもう一つの必要があった。だが……間に合うか。

外の灯りが玄関に近づいた。

「来たぞ」

「へいっ」

格子戸の開く音とともに、一人が屋内に提灯をかざし、一人が踏み込むなり抜刀した。瞬時だった。

「えいっ」

「うぐっ」

龍之助の気合いに抜刀した家士の呻《うめ》きが重なり、

――ガシャッ
刀の土間に落ちる音がつづいた。龍之助の刀が抜刀した家士の腕をしたたかに打ったのだ。峰打ちである。龍之助は骨を砕いた感触を得ていた。

「うううう」

家士は呻いている。

提灯を持った家士は、

「うあっ」

驚愕の声とともに提灯を放り出し刀に手をかけるなり、

「ぐえっ」

伊三次の打ち下ろした脇差に肩を打たれ、よろめいた。やはり峰打ちである。建物の内も外もふたたび闇に閉ざされた。もう一人は思わぬ事態に驚愕し、踏み込むどころか、

「うあーっ」

闇の往還に飛び下がった。事態が分からず、

「うわわわ」

刀の構えようもない。峰打ちを受けた屋内の家士二人も、

「うううっ」

状況を理解できない恐怖と激痛にうずくまり、呻いているばかりだ。女たちは部屋の隅に抱き合い、息を呑んでいる。

「旦那っ」

部屋の中が不意に明るくなった。提灯が二張《ふたはり》、長屋へ火種をとりに走った若い衆である。

「それっ、玄関だ！　一人も逃がすな！」

「へいっ」

提灯二張が玄関へ走った。その灯りが、往還に洩れる。

玄関に近い物陰から、

「兄《あに》さん！」

「待てっ」

お甲が手裏剣をはさんだ手を振りかぶったのを、左源太がとめた。その手にも分銅縄が握られている。

玄関のすぐ向かいの物陰から影が二つ、飛び出してきたのだ。外から屋内のようすが見える。抜刀した男たちの影が、一つは明らかに武士である。しかも手練《てだれ》……。女三人と見なしていた屋内に、予想外の展開というほかはない。そこに取り得る手段は一つ、

「退《ひ》けいっ」

玄関前の物陰から飛び出た影の一つが叫んだ。これが差配のようだ。左源太とお甲の身構えるほうへ走ろうとする。

「いまだ！」

「あいっ」

分銅縄が風を切った。

「うわわわっ」

差配と思われる家士は足をもつれさせ、前のめりに倒れ込んだ。玄関からの灯りのとどく範囲内だ。

起き上がろうとしたところへ、

「うっ」

肩に走った痛みが全身の筋肉を萎《な》えさせた。お甲の打った手裏剣が命中したのだ。

「いかがなされた！」

相方の影が仰天し抱き起こそうとした首に、

「なななっなに！」

首になにやらが巻きつき、つぎの刹那には、

「うっ」

二ノ腕に痛みが走り、手を当て、

「うわっ」

手裏剣の刺さっているのに気づき悲鳴を上げた。

玄関を飛び出た家士は、

「うわーっ」

なお事態の飲み込めないまま本能からであろう、左源太とお甲の塞《ふさ》ぐ逆方向の闇へ走り込んだ。

「逃がさんぞ！」

玄関を飛び出た伊三次が追い、左源太がつづいた。お甲は着物姿では夜とはいえ、男のように尻端折もできない。うずくまる家士たちの見張り役だ。すぐさま龍之助が往還へ飛び出るなり、

「えいっ」

うずくまる二人の家士の首筋へ刀の峰を打ち降ろし、

「うぐっ」

「くぇっ」

意識を失わせた。骨までは砕かなかった。

屋内では、長屋の住人たちが捨蔵一家の代貸の差配で、縄を打たないまでも武士二人を取り押さえていた。八丁堀のうしろ盾がある。市ケ谷八幡町の町人にとって、これほど緊張のなかに日ごろの憂さを晴らしたことはあるまい。なかにはどさくさに紛れ、

「えらそうに人斬り包丁など振り回しやがって」

「しかも女によう。見下げ果てたもんだぜ」

侍髷のあたまをポカリと叩き、腰を蹴る者もいた。おイトが横たわっているのに気づいた。得体が知れず日ごろ胡散臭く感じている愛想の悪い女たちであっても、外部のしかも武士に斬られたとあってはおなじ町内の感情が湧く。

「えっ、やりやがったのか！」

「どいつだ！　刀を見せろっ」

また握りこぶしが武士たちの頭や顔に音を立てる。

「わ、わしじゃない」

呻きながら言うのはもう武士の態《てい》ではない。そこへ八丁堀と捨蔵一家の代貸に言われ、玄関口から気絶している侍が運び込まれた。

「ざまあねえぜ、こいつら」

報復のつもりか、床に降ろすのも叩きつけるようで、脾腹《ひばら》に蹴りのおまけをつける者もいる。部屋の暗さがそれらを助長する。

「よさねえか」

さすがに龍之助は制止し、おイトを介抱している女二人に訊《たず》ねた。踏み入ったときから、疑問に思っていたのだ。

「おめえら二人、てめえの命も危ねえというのに、裏口からよく逃げ出さなかったなあ。間はあったはずだぜ」

女二人は提灯の灯りに顔を上げ、一人が言った。

「なに言ってんですか。おイトちゃんはねえ、十年前のあたしたちなのさ」

「うん、うん」

「そうか」

一人が言い、もう一人も強く頷きを見せた。

「鬼頭さま。申しわけありやせん」

「闇の中じゃ分銅は打てませんや」

伊三次の声に左源太がつづけた。一人、逃げられたようだ。

「かまわねえ、一人くらい。それよりも、町を騒がせちゃいけねえ」

龍之助は返した。実際、捨蔵一家が人数を繰り出せば、捕まえていただろう。だが相手は侍である。段平を振り回し一騒動になり、夜の町に住人たちは起きだし、捨蔵一家や町の者にケガ人が出たかもしれない。

「さあ八幡の、手配を頼む。おイトに医者もだ。おれはちょいと自身番に顔を出してくる」

「へいっ。かしこまりやした」

龍之助の言ったのへ貸元はさすが地元か、手配は早かった。医者が捨蔵一家の若い者にせっつかれるように女掏摸たちの塒に駈け込み、その玄関から町駕籠が四挺、駕籠尻を上げたのはすぐだった。無腰にした松平家の家士四人を乗せているのだ。気絶していた二人は蘇生させた。

「おまえたち、許さんぞ！」

悪態をついていたが、龍之助が喉元に刀の切っ先を突きつけ、

「ここで叩き殺したほうが、こちらも手間が省《はぶ》けるんだぜ」

言った言葉におとなしくなった。

先頭には八幡町の自身番で調達した弓張《ゆみはり》の御用提灯を持った左源太が走り、両脇には尻端折の伊三次とその配下の若い者がそれぞれに御用提灯と家士たちの刀を持って伴走し、龍之助は殿《しんがり》についた。

家士たちに縄は打っていない。だが、捨蔵一家の代貸とお甲らとともに見送った長屋の住人らは言っていた。

「へん。刀を取り上げられてよ、いいザマだい」

「駕籠は町駕籠でも、こいつぁ唐丸駕籠だぜ」

御用提灯や駕籠の小田原提灯の灯りが角に消えると、一帯で灯りは女たちの塒の屋内だけとなり、周辺にいつもの静かさが戻った。町の木戸が閉まる夜四ツ（およそ午後十時）に近い時分となり、おもての簀張りの茶店からも、一つ二つと灯りが消えはじめていた。

三

唐丸駕籠ならぬ町駕籠の一行は、外濠に沿った往還を進み、溜池から武家地に入った。それにつづく寺社地を抜ければ増上寺は近い。人通りも軒端《のきば》の灯りもなく、御用提灯に護られた駕籠舁き人足たちのかけ声ばかりがながれる。

駕籠に揺られる家士たちは、刀を取り上げられ町人たちに〝唐丸駕籠〟と嘲笑された悔しさと、それに一人は手首の骨を砕かれ、さらに一人は肩の骨にひびが入っていようか、強い痛みを堪《こら》えながら、他の二人は手裏剣に射られた疵口《きずぐち》を手で押さえて流血を防ぎ、

（不覚！）

はもちろん、

（町方の手に落ちた）

現実を、ひしひしと胸に込み上げさせている。さきほどの対手側の統制ある手並みから、

（お家のため）

無腰で駕籠から転がり出て逃げようとすれば、さらなる屈辱が待っていることも自覚している。それでも、

「こらーっ、どこへ行くのかっ」

駕籠の中から怒鳴り声をかけたが、返ってくるのは人足たちのかけ声ばかりで、無視されていることへの屈辱感が増すばかりであった。

龍之助は気づいていた。

玄関前の物陰から飛び出し、提灯の灯りに左源太が分銅縄で足をすくい、お甲が肩に手裏剣を打ち込んだ相手……首筋に刀の峰を打ち下ろす瞬間、チラと見えた。見覚えがある。

（久島治五郎……）

打ち据えてから灯りを近づけ、確かめた。間違いなく、松平家の足軽大番頭だ。きのう、宇田川町の自身番におマサとおイトの身柄を引き取りに来たのが、この久島治

五郎だったので顔は見知っている。

玄関前で〝退け〟と叫んだのはこの人物であり、駕籠の中から〝どこへ行く〟と叫んだのも、この者だった。今宵の差配は、やはり松平家足軽大番頭の久島治五郎だったようだ。ならば、屋敷でおマサを直接手にかけたのも……。

駕籠に揺られ、肩を手で押さえている当人は、いま御用提灯を差配しているのが、きのう宇田川町の自身番で黙らせた〝不浄役人〟であることに気づいていまい。女掏摸どもの玄関前は、あまりにも突然だったのだ。

龍之助はきのう、この松平家の家士を前に、

（——俺のやるべきことは、もう終わった）

思ったものである。だが事態は、

（これからが正念場）

へと進んでいる。

市ケ谷八幡町では、

「えっ。それじゃそちらの姐さん、あの壺振りのお甲さんで!?　どうりで……」

なにが〝どうりで〟か分からないが、ともかく捨蔵一家で大松の弥五郎とお甲は酒

肴を出され、歓待されていた。襲ってきた武士たちを瞬時に押さえ、四人も町駕籠に押し込んで護送するなど、鮮やかな手並みと言うほかはない。代貸から話を聞き、八幡の捨蔵は舌を巻いている。しかも二本差しになんら臆するところなく立ち向かう八丁堀など、町衆から見れば胸のすく思いなのだ。

「それじゃ夜が明けねえうちにお暇《いとま》するぜ」

言う大松の弥五郎に八幡の捨蔵は、

「そう言わねえでくれ。それにお甲さん、三日でも四日でも十日でも、ここでゆっくりしていっておくんなせえ」

「おっと八幡の、そりゃあいけねえぜ。お甲さんは俺が預かってはいるが、あの同心の手のお方だ」

「えっ」

誤解を招くような弥五郎の表現に、お甲はきまり悪そうに恥じらいを見せ、

「いやですよう大松の親分。八幡の親分さんへ、あたしはねえ、あの同心の旦那から〝存知寄り〟の手札をいただいているだけなんですよう」

つまり岡っ引である。

「えっ、女のあんたが。どうりで」

また〝どうりで〟が出たが、こんどは代貸から聞いた手裏剣の鮮やかさを言っているようだ。

「もう一人の、職人姿のお人もで？」

八幡の捨蔵は訊いた。捨蔵も代貸も、分銅縄などこれまで聞いたことも見たこともない技なのだ。話ははずみ、ともかく今宵は大松の弥五郎もお甲も、捨蔵一家の客分となり、あしたの朝まで帰れそうになくなったようだ。


間もなく子《ね》の刻（午前零時）を迎え、日が替わろうとしている時分である。御用提灯に町駕籠の一行は増上寺の塀に沿った往還に入った。

「ヘッホ、ヘッホ」

駕籠舁き人足たちのかけ声に、疲れの出たのが感じられる。

龍之助は殿《しんがり》から先頭に走り、駕籠の一つ一つに行く先の指示を与えた。

「ヘイッ」

目的地はもう目の前だ。人足たちは返事に声をふりしぼった。

二挺は宇田川町の自身番で、そこには手首を砕いたのと肩の骨にひびを入れた二人を預け、分銅縄と手裏剣で仕留めた二人は神明町の自身番に運んだ。どこの自身番も板張りの部屋は狭く、四人も留め置く広さはない。しかも歴とした武士である。縄目をかけ鐶《かん》につなぐこともできない。手負いで刀は預かっているものの、悪態をつき脅しはじめたなら、町役たちの手に負えない。龍之助は武士たちに言った。

「貴公ら、心されよ。ここで悶着を起こせば騒ぎは江戸中に広まり、そこにお家の名も出ましょうぞ」

「ううっ」

武士たちは呻《うめ》いた。禄を食《は》む者たちの、最も痛いところである。

(よし)

龍之助は内心頷いた。松平屋敷の次席家老・犬垣伝左衛門は、女掏摸を使嗾《しそう》して相良藩腰物奉行の村岡伊八郎を陥れ、町奉行所で田沼家の名を出させようと画策したのだ。それを龍之助は逆手に取り、いま白河藩足軽大番頭の久島治五郎らに松平家の名を出させようとしているのである。

久島治五郎を宇田川町の自身番に運ばず、詰めている町役たちが顔を知らない神明町に回したのは、久島治五郎の心中を慮《おもんぱか》ってのことであった。久島はきのう、宇田川町の自身番で武士然とふるまったのだ。そこへ縄目をかけられていないものの無腰で運ばれ板敷きの部屋に入れられるなど、割腹したくなるほどの恥辱であろう。いわば龍之助の、武士の情けであった。さらに龍之助は神明町の自身番で、自分の顔を久島治五郎にさらすことはなかった。〝心されよ〟と告げたのも、闇夜に駕籠の外からであった。言うと龍之助は、

「伊三次、あとをよしなに。左源太、ついてこい」

町駕籠は四挺とも、それぞれの自身番に待機させ、茅場町《かやばちょう》の大番屋に走った。八丁堀の北側に位置し、組屋敷から近い。

不審な者を奉行所のお白洲に引き、小伝馬町の牢屋敷に入れるまでには、まず大番屋で吟味してからの手順となる。いわば大番屋は、不審な者や現行犯の身柄を留め置くための仮牢である。不審な者はまず町の自身番に一時拘束し、容疑があれば大番屋に引いて身柄を拘束し、いっそう厳しく取り調べるのである。奉行所の白洲は、そのあとのこととなる。

龍之助は相手が武士であれ、あくまでこの事件を特殊なものではなく、ありふれた町家での事件としての手順を踏もうとしている。市ケ谷八幡町の自身番に引かなかったのは、大松の弥五郎と八幡の捨蔵の顔を立てるためだった。そうしなければ、四人もの武士を押さえ、ここまで漕ぎ着けることはできなかっただろう。

宇田川町も神明町も、町役たちは困惑顔だったが、

「なあに、すぐ他所へ移す。ほんのつなぎと思ってくれ。迷惑はかけねえぜ」

龍之助の言葉に、ホッとした表情をつくっていた。町駕籠も待たせている。移動に間違いはないようだ。

茅場町の大番屋では丑三《うしみ》ツ時に同心から門を叩かれ、

「いまから武士を四人」

などと告げられ、びっくりしながらその準備に入った。町人の容疑者なら吟味まで仮牢の隅に転がしておけばよいが、武士となれば揚《あがり》座敷の用意が必要で、手間ひまがかかるのだ。だが、ひとたび大番屋に入れてしまえば、そこはもう町奉行所の手の内であり、町家の自身番のように大名家や旗本の威光で留め置いた者を連れ去るようなまねはできない。奉行所のお白洲は近い。あと一息である。

「左源太、もうひとっ走りだ」

「へい、がってん」

深夜の街道に、御用提灯をかざした左源太をともない、南へ取って返した。長い空洞のように延びる街道に、左源太の持つ御用提灯ばかりが揺れる。

「へへ、兄イ」

「おう」

「あっしはやっぱ、岡っ引なんでござんすねえ」

「そうとも。お甲もなあ」

言っているうちに足は宇田川町に入った。

「おぉ」

自身番から迎えに飛び出た顔ぶれに、龍之助も左源太も声を上げた。武士が暴れだしたときの用心に、伊三次が大松一家の若い衆を呼び、張りつけていたのだ。町役たちも心強かったことであろう。神明町のほうは地元である。当然、大松一家が周囲を固めていた。

「へいっ、出立《しゅったつ》でござんすね」

伊三次が出迎えた。龍之助はやはり、久島治五郎の前に姿を見せなかった。もちろん、白河藩十万石の足軽大番頭たる武士の心境を思ってのことだが、

「おっ、おまえはきのうの不浄役人！」

と、相手が逆上し、暴れださないための配慮でもある。小心な者ほど、前後を忘れた行動をとりやすい。龍之助は久島治五郎に、〝敵〟との意識を超え、嫌悪感を抱いている。埘の玄関前の物陰から飛び出したときである。久島治五郎は〝退け〟と叫んだ。玄関口の中で、配下の者が打ち倒されたのを見ているはずだ。だが、救出しよう

と踏み込んで来なかった。久島治五郎の声を耳にしたとき、

(それが武士か)

叫び返したい気分になったものである。屋内では女掏摸二人が、命の危険を知りながらおイトのそばを離れようとしなかった。あまりにも対照的だ。

街道に、ふたたび御用提灯と小田原提灯の列が、人足のかけ声とともに揺れた。

茅場町の大番屋に着いたのは、間もなく夜明けを迎えようかという時分だった。武士が一度に四人も、大番屋にとっても大事《おおごと》である。

四

奉行所役人の組屋敷がならぶ八丁堀は、茅場町の南手で目と鼻の先である。冠木門を入り、

「おう、帰《けえ》ったぞ」

玄関に声を入れたのは、まもなく東の空が明るみかけようかといった時分だった。まだ火の入った御用提灯を手にした左源太が従っている。

「旦那さまーっ」

ウメが皺枯《しわが》れ声を上げ、勝手口のほうから走り出てきた。

「婆さん、気をつけねえ。転ぶぜ」

左源太が声をかけたのへ、

「なに言ってんですよう。夜が更けてもお帰りにならないもので、もう心配で」

茂市と交互に起きて待っていたらしい。

「心配かけたなあ。めしだ、二人分。その前に、水をザザッとかぶりてえ」

おもての声に、茂市も起きてきた。湯が残っていたのか、用意された桶の水はいくらか生ぬるく、疲れた身に心地よかった。

「あぁ、さっぱりしやしたぜ」

左源太が頭にも水をかぶり、ザンバラ髪で膳についたのは、東の空が明るみ日の出が間近と感じられる時分だった。茂市もウメも髪結いのまねごとはできる。すぐ横でウメが、

「いったいなにを？　着物の袖に血の跡がついておりましたよ。水につけておきましたから」

言いながら龍之助の月代《さかやき》を剃っている。それ以上訊かないのは、八丁堀の使用人たちの心得である。おそらくお甲の打った手裏剣を始末するとき、付いたのであろう。

「へへ、いい御用でござんしたよ」

熱い味噌汁をすすりながら左源太が返した。一睡もせず疲れてはいるが、分銅縄が決まったせいか上機嫌だ。

「左源太、きょうはいつでも出られるように髷だけ結ってここにおれ。俺が呼ぶまで昼寝していていいぞ」

龍之助は結いなおした小銀杏に着物も着替え、羽織をつけて冠木門を出た。不意に出たばかりの朝日に身を包まれた。秋の朝である。温もりを感じる。周囲には納豆売りや豆腐屋の棒手振《ぼてふり》が出はじめたばかりで、もちろん出仕にはまだ早い。足の向きは当然、北町奉行所のある呉服橋御門のほうではない。与力の役宅に向かっている。直属上司の平野準一郎の屋敷である。

平野与力は朝餉を摂《と》りながら下男に髪を結わせているところだったが、そこへ上げられた。

「お互いに元無頼同士だ。このままでもいいかい」

「そのほうがよございますよ」

言いながら龍之助は膳の前に腰を据えた。朝日の中に龍之助が訪《おとな》いを入れてきたことに、

（火急か）

平野与力は感じたようだ。

「卒爾《そつじ》ながら」

龍之助は話した。

「市ケ谷八幡町に知り人を訪ね、その帰りに神明宮のダラダラ祭りで面を確認した女掏摸を見つけ、塒《ねぐら》をつきとめようとあとを尾《つ》けましてございます」

塒をつきとめ、さらに仲間の面も割っておこうと、大至急遣いを走らせて岡っ引を呼び寄せ、

「夜まで張り込んでおりましたところ、なんと得体の知れない武士が数人いきなり抜刀して踏み込み、とっさに岡っ引たちを差配し、土地の者の合力も得まして四人を手負いにして捕え、一人を取り逃がしましてございます」

「なんと、武士が町家で抜刀!?　しかも掏摸の棲家《すみか》？」

平野与力は髪結の最中にもかかわらず、上体を前に乗り出し、

「それに市ケ谷の八幡町とは、またややこしい土地《ところ》ではないか。して、その後の措置は？」

「ひとまず刀を預かり、距離はありましたが私の定町廻りの宇田川町と神明町の自身

番に引きました。なれど、なにぶん武士であるため町役たちは畏怖し、とりあえず茅場町の大番屋に移してございます」

理に適っている。平野与力は頷き、

「武士たちはようおとなしく従ったものよ。おまえの技に恐れをなしたのであろう。で、手負いとはどの程度に？」

「二人は峰打ちで腕と肩の骨を、他の二人は、岡っ引たちが勢いを削ぐ程度に刺し傷を」

「ふむ。おまえらしいわい。女掏摸のほうは？」

「女ばかり三人にて、一人は武士に斬られ重傷を負い、他の二人は無事です。当方の手が足りず、土地の者に後事を託してございます」

「武士が女掏摸の棲家へ押し込み、なにやらいわくありげじゃのう。旗本か大名家の用人か、そやつらは口を割るまいが、一人逃がしたのはおもしろい。聞かずとも向こうから動きだし、おのずと家名は知れよう。したが、現場が市ケ谷とあっては……」

平野与力は言葉を濁し、龍之助が即座につないだ。

「その段にござれば、それがしいささか出すぎましてございます。ゆえに武士四人の詮議は市ケ谷の定町廻りにお申しつけありたく、自分は詮議に神明町の名が出たときのみ、女掏摸の面通し程度に……」

これが言いたかったのだ。お膳立てはした。あとは一歩下がり、お白洲で松平定信の名が出るのを待つばかりである。どのような噂がながれるか、楽しみである。かわら版がそれを誇張し、江戸庶民に広く伝えることであろう。

「相分かった。さように沙汰するとしよう。さすれば同心溜りに波風も立つまい。旗本か大名家か知らんが、いかなる背景があっての仕儀か俺も楽しみだわい」

平野の髷は結い終わった。龍之助は最後まで、捕縛した武士が白河藩松平家の家士であることを、ここで舌頭に乗せることはひかえた。

外は、まだ朝日のなかに納豆売りや豆腐屋が行き交い、それぞれの役宅から煙がたなびいている。きょうは鬼頭家の台所の煙が一番早かったようだ。

出仕にはまだ間がある。このまま蠣殻町《かきがらちょう》の田沼家下屋敷に走りたい気分だった。

(この事態、早くお伝えせねば)

だが、いま下屋敷にお出《い》でかどうか分からない。

(もうすこし事態の経緯を見てからにしよう)

役宅に戻った。ウメに髷を結ってもらい、さっぱりした姿で左源太が、

「お帰りなさいやし」

「なんだ。寝ていなかったのか」

「へへ、兄イはこれから出仕でがしょ。あっしが寝てなんかおられやすかい。それよりもこれ、嚙んでみなせえ。眠気など吹き飛び、身も心も締まりやすぜ」

「ほう。生姜か、神明宮の」

「さようで」

玄関先で受け取り、

「うーっ、締まるーっ」

「へへ、でがしょう」

「ふむ。神明宮の神々よ御照覧あれ、と言いたくなるなあ」

「そのとおりで」

茂市はすでに挟箱を出し、出仕の用意をしていた。


呉服橋御門をくぐったのも、きょうは龍之助と茂市が一番だったようだ。同心溜りにはまだ誰もいない。

茂市は一度組屋敷に帰り、やがて同僚らの出仕してくるなかに、龍之助は微行には出ず奉行所内で御留書《おとどめがき》などの整理にあたり、奉行や与力たちの動きに気を配った。

老中となった松平家の家士を四人も、大番屋に押し込めているのだ。

おなじ同心溜りの同輩が一人、与力部屋へ呼ばれた。市ケ谷界隈を定町廻りに受け持っている同心だ。龍之助は帰りを待った。

帰ってきた。

「いやあ、ご同輩。言おう言おうと思いながらもつい」

龍之助のほうから声をかけた。同輩は鬼頭龍之助の処置を可としたのか平野与力の説明がよかったのか、縄張に踏み込まれたといった表情はなく、

「いやあ、たまたま女掏摸を見かけただけで、よくやっていただいた。あそこはそれがしも目をつけておったところでのう。したが、ほれ、なにぶんあの土地柄じゃろ。これから定町廻りの体裁で、ちょいと検分してまいる。え？　大番屋の取調べ？　与力の平野さまがこれからお奉行と相談のうえ、直接当たられるそうじゃ。なにぶん相手は士分ゆえ、なにかと手続きもあろうからのう」

と、むしろ上機嫌だった。武士の取調べは、町家での事件であっても若年寄に通知しなければならない。

「ご苦労をかけますなあ。検分の結果を、あとからでもお知らせくだされ」

龍之助は返し、同僚はその場で小者を手招きし、挟箱持の下男を組屋敷まで呼びに

やらせた。

掏摸の一味が、まだ塒にいるなどあり得ない。あそこはもう蛻《もぬけ》の殻《から》となっていよう。龍之助の知りたいのは、八幡の捨蔵がどう始末をつけたかである。

実際、夜明けとともに女掏摸二人は捨蔵一家に拘束され、

「おめえら気の毒には思うが、こんな不始末を起こしたからには、もうこの町に住まわせておくわけにはいかねえ。二度と江戸へ戻ってくるんじゃねえぞ。おぉ、そうかい。おめえら武州の出かい。だったら武州に帰るんだなあ。出立《しゅったつ》はあしただ。今夜はここに泊まっていきねえ。ここなら役人に踏み込まれることはねえから。あゝ、あの同心の旦那かい。ありゃあ話の分かるお人のようだ。心配いるめえ」

一家から温情ある扱いを受けていた。江戸所払《ところばら》いである。

龍之助の同僚が定町廻りの体裁をととのえ北町奉行所を出たころ、八丁堀の役宅に来客があった。客というよりも声を聞き、

「おっ、おめえ。どうしたい。慌てたようなようすで」

左源太が玄関口に出ていた。お甲だった。きのうからの仲居姿のままだ。息せき切っている。玄関の三和土に立ったたまま、お甲は言った。

「おイトちゃん、ダメだった」

「なんだって！　ともかく上がんねえ」

左源太は自分の家のように廊下を手で示した。お甲は、いま市ケ谷から急ぎ戻ってきたといった風情である。

庭に面した座敷で、お甲は話しはじめた。

「まあまあ、お甲さん。そんなにハーハー息をして」

ウメが茶を運んできたが御用の筋と察したか、すぐに退散した。

「あたしと大松の親分が捨蔵一家にいると、あの代貸さんが飛び込んできたの。おイトちゃん、お医者が来たときにはもう間に合わず」

「えぇえ！　死んだ、死んだのか!?」

「それで夜明け前にお寺に運び、あの家は空にして二人はいま捨蔵一家にかくまわれているの。今夜野辺送りをして、女掏摸さん二人はあした江戸を離れるって。板橋宿のあたりまで八幡の若い人が見送るって」

江戸所払いを一日遅らせたのは、まさに捨蔵の温情であった。無縁寺に投げ込むのではなく、姉貴分二人に弔《とむら》いの猶予を与え、保護までしているのだ。さらにお甲は言った。

「こんなことなら、あたし、あのとき手裏剣を打つのに手加減せず、心ノ臓に命中させておけばよかった」

「そう、そうだよなあ……」

左源太はいくらか間を置き、

「お甲……いまからでも、できねえ相談じゃねえぜ」

「え？」

言っているときだった。

さらに来客があった。玄関から聞こえたのは、威厳のある丁重な声だった。茂市が応対した。

「これはこれは、ご用人さま」

茂市の辞を低くする声が聞こえる。

来客は、蠣殻町の田沼家下屋敷の留守居だった。こちらも息せき切っている。用件は短かった。

「殿がいま下屋敷にてお待ちゆえ、龍之助どのに至急お越し願いたい。さよう龍之助どのに連絡ありたい。慥《しか》と申したぞ」

「は、はい。ご用人さま。すぐさま伝えまする」

声は部屋の中まで聞こえる。左源太とお甲は顔を見合わせた。茂市がその場から玄関を走り出る足音も聞こえた。

「あぁ」

「待って」

走るなら自分がと、茂市を呼びとめようとした左源太をお甲は引きとめた。

「え？　どうしたい」

「八幡町のことサ。龍之助さまにはあとからでも。それより兄《あに》さん、さっき言いかけたこと」

「なんのことでえ」

「いまからでも、できない相談じゃないって……その話」

「えっ」

左源太はお甲に視線を合わせた。

「おめえ……」

「そう。あたし、許せない」

「…………」

左源太は無言でお甲の目を、あらためて見返した。だがこのときはまだ、具体的な標的を頭に浮かべたわけではない。

五

「なに、至急？」

茂市の知らせに龍之助は、その場で外出の用意をした。奉行所の門を出しな、

「それにお甲さんが、息せき切って」

茂市はつけ加えた。

「なに。お甲が？」

気になる。だが、田沼意次からお呼びのかかったのはもっと気になる。

「待たせておけ。急ぎ戻るゆえ」

茂市を八丁堀に返し、単独微行の風情で街道を横切り蠣殻町に向かった。

いつものように裏手の通用門に訪《おとな》いを入れると、すぐさま奥に通された。庭先の縁側ではない。留守居が出てきて、

「上へ」

部屋に通されたのだ。

「おぉう、来たか。間に合《お》うたのう」

田沼意次は一人で黙然《もくねん》と座していた。留守居は中に入らず、部屋は意次と龍之助の二人となった。

「さあ、もっと近う。正座じゃ堅苦しい。本邦では古来より、正座は対手《あいて》に宿意のあるときの座り方。すぐさま立ち上がり、抜き打ちがかけられるからなあ」

ざっくばらんな言い方をする。

「尻を畳につけて座るは、全身の力を抜き、敵対する意志などなく、気を許していることを示す作法じゃ。さあ、足を崩せ」

意次はみずから足を胡坐《あぐら》に組み変え、脇息《きょうそく》にもたれかかった。実父である意次のその仕草が、龍之助は嬉しかった。

「はっ」

着流しの裾にゆるみをもたせ、胡坐を組み顔を上げた。意次は穏やかな表情で龍之助を見つめている。老いてはいるが、面長ですっきりと通った鼻筋に目が鋭く、いかにも切れ者といった顔……、それが四年前、初めて龍之助が意次と、この下屋敷の縁先で対面したときの印象である。まさに田沼意次は切れ者だった。だから足軽の家に生まれながら、旗本から大名へ、さらに老中へと登りつめたのだ。

旗本時代に田沼屋敷で腰元をしていた多岐《たき》が、意次とのあいだに生まれた龍之助を

抱き、芝二丁目の町家に移り住んだのは、

(──わたくしや龍之助の存在が、殿の出世の妨げになってはなりませぬ)

その思いからだった。それへの〝怨み〟は、龍之助にはない。そのおかげで龍之助は町家での奔放な日々が体験でき、町奉行所の同心になれば左源太やお甲を岡っ引に持つこともできたのだ。

(父上)

龍之助は思わず心中に叫んだ。いま眼前の意次に感じるのは、急激な老いのみである。それに、

(疲れておいでだ)

鋭さがない。年行《としゆ》き六十八なのだ。

その表情が、世間話でもするような口調で言った。

「そなたであろうかのう。松平がなにやら慌てて屋敷内の不始末を揉み消そうと動いたようじゃ。それもきのうきょうのことにて、町奉行所がらみのことと伝わってきておる」

「そのことにござりますれば……」

龍之助は待っていたように話した。

「ほう、さようなことを」

と、松平家の家士が女掏摸を使嗾していたことに、意次はあきれたような顔をつくり、おマサなる女掏摸が口封じのため殺された件には、

「うっ」

息をつまらせた。龍之助は、おイトまで息を引き取ったことをまだ知らない。家士四人をいま茅場町の大番屋に留め置いている措置には、

「よく大事に至らぬよう尽力してくれた。なれど……」

意次はねぎらいの言葉をかけるとともに、

「いまや松平は老中じゃ、町奉行所支配の若年寄も差配する身なれば、始末はいかようにも……のう」

言葉を濁した。故意であろうか、淡々とした口調と表情だった。

「殿。そろそろ上屋敷に戻らねばならぬ刻限にございます」

襖の向こうから、留守居の声が聞こえた。藩の政務は本郷弓町の上屋敷で執《と》っている。田沼家が危機に瀕しているいま、重大な政務が山積みなのだろう。

「分かった」

意次は返し、足を正座に組み替え、

「龍之助よ」

四年前、裏庭の縁側で見せたのとおなじ目で、龍之助を見つめた。なにやら改まったようすに、

「はっ」

龍之助も慌てたように正座を組んだ。

意次は言った。

「そなたにはこれまで、何もしてやることができなんだ。申しわけなく、ほんに申しわけなく思うておるぞ」

目を伏せた。

「さようなこと」

龍之助が返したのへ意次はふたたび視線を直し、

「心ならずもかかる仕儀に相なり、この先は儂《わし》にも読めなくなった。向後の進捗《しんちょく》によっては、そなたに儂の幼名を与えたこと、裏目に出るやもしれぬ」

「いえ。それがし、この名を気に入っておりますれば」

「その言葉、嬉しいぞ。龍之助」

意次は幼名を〝龍助《たつすけ》〟といった。

「殿。すでに用意ができておりますれば」

ふたたび襖越しに留守居の声が入ってきた。

「いま行く」

意次は腰を浮かし、再度龍之助に視線を投げ、

「そなたまで嵐の風雨を受けぬよう、儂の血筋であること……秘匿せよ」

「父上！」

明瞭に、口に出した。襖に向かった意次は振り返り、

「許せ。許せよ、龍之助」

ふたたび龍之助に視線を据えた。この一言を、意次は伝えたかったようだ。

「め、滅相も……」

龍之助は平伏した。

襖が開いた。数人の近習が迎えるように控えていた。

龍之助は裏の勝手口から外に出た。中間が、

「ご苦労さまでございます」

板戸を閉めた。人通りのまったくない裏手の通りに歩を進めた。表門では、

「ご出立《しゅったつ》ーっ」

権門駕籠の行列が動きはじめていようか。

駕籠と出会わない道順を龍之助はとった。街道を横切るとき、

「おっとっとっ」

町駕籠が茫《ぼう》として歩む龍之助を避けた。ハッとわれに返った。お甲が組屋敷に〝息せき切って〟来たのが気になる。だが、松平家が〝始末はいかようにも〟つけられる立場にあるのも気掛かりだ。

奉行所に戻り、まっさきに耳へ入ったのは、

「大番屋に若年寄さまの遣いが来たそうだ」

「えっ？」

龍之助は茅場町に走った。

午《ひる》ごろのことだったらしい。若年寄の手の者が数人来て、

「武士であれば、北町奉行所の手を煩《わずら》わすのは心苦しい。藩名など、当方にて吟味いたすゆえ」

と、久島治五郎らを引き取り、連れて帰ったという。驚き、奉行所に戻ると、

「お奉行も、そう指示なされたのよ」

与力の平野準一郎は言った。龍之助がなにか言おうとすると、

「言うな。相手は老中の松平さまぞ。若年寄も掌中に収めておいでじゃ」

その口調は、龍之助を諫《いさ》めるようであった。事件は、町奉行所の手を離れたのだ。

市ケ谷八幡町へ出向いた同心も、手の者を引き連れ奉行所に戻ってきた。

「家屋は無人でござった。近辺の住人に聞き込みを入れたが、昨夜は何事もなかったようで、いつ引き払ったかも分からぬそうだ。ともかく胡散臭い女どもが町からいなくなり、むしろよかったわい」

涼しい顔で言う。定町廻りの一行が八幡町に入るなり、捨蔵一家の者が張りつき、出るまで見張っていたことは、龍之助には容易に察せられた。女掏摸二人は捨蔵一家にかくまわれ、おイトの野辺送りをして町を離れるのは今宵であろう。

龍之助は組屋敷に取って返した。

お甲も左源太もいなかった。言付けがあった。もちろん、おイトの死を告げるとともに、

――市ケ谷へ野辺送りに行ってまいりやす
（みんな、勝手にしろい）

龍之助は奉行所に戻らず、部屋で一人、大の字になった。

（大番屋のこと、あしたにでも左源太やお甲にも話すか）

おイトまで殺された悔しさよりも、虚《むな》しさが込み上げてきた。

六

ダラダラ祭りはつづいている。大松一家の若い者は伊三次に率いられ地回りに忙しく、弥五郎は諸方への挨拶《あいさつ》まわりに翻弄《ほんろう》されている。

龍之助の担当はもちろん神明町だけではない。街道の広い範囲を微行するとき、神明町にもふらりと入った。占い信兵衛は繁盛しているようだ。茶店も割烹も紅亭は猫の手も借りたいほどで、お甲も積み重ねた膳を両手で抱え持ち、

「あらあ、龍之助さま」

廊下を忙しそうに立ち動いていた。

裏手の長屋に顔を出すと、

「街角の音曲もだめ、神楽《かぐら》もだめとありゃあ、その分でがしょう千木筥や生姜がよけいに売れてるようで」

と、腰を下ろす場もないほど薄板を九尺二間の部屋に積み上げていた。

「おう、精を出しねえ」

龍之助は参詣客の行き交う通りを抜け、

（あいつら、忙しいせいばかりじゃねえようだ……俺を避けていやがる？）

軽い冗談めいた疑問を念頭によぎらせ、ふたたび街道に出た。


その翌々日、龍之助が意次と会い、大番屋が久島治五郎らを解き放ってから三日目の夕刻だった。ちょうど陽が落ちたときだった。幸橋御門内の松平家上屋敷の通用門に訪《おとな》いを入れる女がいた。二人だ。門番に、

「市ケ谷の八幡町からまいりました。足軽大番頭の久島治五郎さまへ、お取次ぎ願いとう存じまする」

鄭重に告げると門番は奥に走り、〝市ケ谷の八幡町〟が効いたのか、久島治五郎がみずから走って通用門まで出てきた。配下の者に任せられることではない。腰をかがめ耳門《くぐりもん》から顔を出すなり、

「おっ、おまえたちは！」

驚愕の表情になった。

おとといのことである。松平屋敷の足軽か中間と思われる者が数人、市ケ谷八幡町

に現れ、女掏摸たちの住処の近辺で岡っ引よろしく聞き込みを入れているのを、捨蔵一家の若い者が確認していた。当然、捨蔵一家は、

「――あいつら、なにを訊いてやがった」

聞き込みのあとに聞き込みを入れた。

「――そこの女ども。どこへ消えたか知らぬか」

であった。松平屋敷は奉行所の手から家士を取り戻したあと、まだ懲《こ》りずに女掏摸たちを始末しようとしているのである。その執拗《しつよう》さがうかがわれる。

いま屋敷の通用門で久島治五郎が目にしたのは、找《さが》している女、あの二人の掏摸たちだったのだ。ということは、捨蔵一家はまだ所払いを行使していない……。そればかりでない。女掏摸二人が外濠の幸橋御門を入ったとき、前後して町家風の男三人と女一人が入った。勝手往来の外濠の御門では、そこになんの異様さもない。門番がそれらを一群のものであるかどうか、気にとめることもなかった。

「そうですよう、旦那。あたしたちですよう。おイトちゃんは息を引き取りましてねえ。ほら、このお屋敷から逃げだした、あの小さな娘でございますよ」

「そこでなんですが、旦那。このお屋敷で殺されたおマサ姐さんの遺体もね、貰い受けに来たんですよ」

「な、なにを言うっ。わ、わけの分からぬことを！」

久島治五郎は狼狽《ろうばい》の口調になり、

「中へ、ともかく、中へ入れ」

上ずった言いようをつくった。探していた女……好機ととらえる思いが脳裡を走ったのであろう。

「いやですよう旦那、中でバッサリなど」

「そうですよ。話なら外で。あたしら二人だけですから」

言うだけ言うと女掏摸二人はくるりと背を向け、来た道を戻りはじめた。

「ま、待て」

久島治五郎は全身を門の外に出し、往還に立った。あたりは暗くなりかけている。門をはさみ、二人の背と逆のほうにもう一人、若い女がいた。お甲だ。手裏剣を構えた。

「久島さま。これからお出かけでございますか」

耳門から門番が顔を出した。お甲は体勢を元に戻した。

「あゝ。すぐに戻る」

久島治五郎は門番に返し、

「待て、待てと言うに」

女掏摸二人のあとを追った。お甲もそれにつづき、さりげなく顔だけ出した門番の前を通り過ぎた。門番は視線を向けたが、いずれかの腰元の宿下がりとでも思ったことだろう。お甲は背後に板戸の閉まる音を聞いた。

正門のある広い往還に出た。まだ人の影が見える明るさは残っており、いま人通りがなくてもいつあるか分からない。迂闊な振る舞いはできない。それは同時に、久島治五郎にも言えることだった。往還にあるのは、松平家の正門だけではないのだ。自然を装《よそお》うには、女の歩調に合わせるしかない。あたりは刻一刻と暗さを増している。

「どこへ、どこへ行く」

「幸橋御門のおそと、茶屋でゆっくり話しましょうか」

「お話したいこともありますので」

女は交互に振り返った。

御門を出た。町家から帰ってきた武士や中間など数人とすれ違った。逆にこれから武士でも町人でも、門を出る者がいてもおかしくない。女掏摸二人と久島治五郎のすぐ前を、町人風の男が一人出た。

女掏摸二人は、

「ごくろうさまでございます」

番卒に軽く会釈し、

「あのう」

声をかけ、ふところからぶら提灯を取り出し、火をもらった。

「まだ提灯の灯はいるまいに」

「いえ。あたしたちが必要なのです」

「そうか。女の足だからなあ」

納得したように久島治五郎は応え、ふたたび女掏摸二人に従った。

久島たちの十数歩あとを、若い女が一人で出た。提灯は持っていないが、番卒たちに会釈をしていた。お甲だ。そのあとをさらに町人が二人、いずれも自然なようすで幸橋御門を出た。

御門の外は広場となって周囲は町家で、濠《ほり》は御門のすぐ東手で、お城の武家地に沿った北方向とそのまま東方向に流れる二手に分かれる。東方向への流れは、両岸とも町家で二丁（およそ二百米《メートル》）余も下れば東海道にかかる新橋をくぐり、将軍家の浜御殿を経て江戸湾にそそぎ込んでいる。

先に番卒に声をかけ幸橋御門を出た町人は、さりげなく東に折れ、町家に沿った往

還に歩を進め、

「あのあたりに手ごろな茶屋がありますから」

女掏摸二人もおなじ方向へ、久島治五郎をいざなうように提灯の灯りで足元を照らし、歩を進めた。

「おまえたち、二人だけなんだな」

「もちろんですよう」

念を押す久島治五郎に女掏摸の一人が返し、御門から一丁ほど進んだところでもう一人が、

「すぐそこですよ」

すでに商舗は雨戸を閉じ、軒提灯を出しているところもない。あたりはすでに闇となり、街道に出ればまだ人通りも提灯の灯りもあろうが、濠沿いは女掏摸の持つ二つの灯りが揺れるばかりとなっていた。

「ないではないか」

「いえ。ありますよう、ここに」

久島治五郎が怪訝《けげん》そうに問い、女の片方が返し、二人同時に提灯を上げ両側から久島の上半身をはっきりと闇に浮かび上がらせた。久島治五郎にとっては突然だった。

十歩ほどうしろに着物の擦れる音が聞こえるなり、

「ウグッ」

首筋に熱い激痛を感じ、足をよろつかせ前面へ倒れ込みそうになった。お甲が手裏剣を放ったのだ。さらに両脇から、

「えいっ」

女二人の呼吸は合っていた。提灯を持ったまま鋭利な簪《かんざし》の柄を久島の胸に刺し込み、

「ウッ」

短い呻《うめ》きを聞くとともに引き抜き、左右に跳び退《すさ》った。さらに同時だった。前後から男の影が二つの灯りの横を走り抜け、崩れ落ちそうになった久島治五郎の身を支えた。灯りは離れており、すでにそれらは闇の中に見えない。男たちは、

「見事だ」

「さすが」

久島の心ノ臓がとまっているのを確認し、闇の中にその身を支えたまま岸辺へ引きずり、音を立てず濠に流した。

「チッ。俺の出番がなかったぜ」

お甲の横で吐き捨てるように呟いたのは左源太だった。生姜を嚙みながら分銅縄を握り、お甲が仕損じたときに備えていたのだ。飛び込んだ二人の男は伊三次と、それになんと捨蔵一家の代貸だった。

それらの影は何事もなかったように街道のほうへ向かい、軒提灯やまだ揺れるぶら提灯の中に紛れた。

七

翌日、午前《ひるまえ》だった。

同心が一人、裾を乱し街道を神明町のほうへ急いでいた。ぶつかりそうになった職人風や町娘が慌てて脇へ身を避けた。避けた者が振り返った。

「くそーっ。あいつらめ」

同心が吐くように呟《つぶや》いているのを耳にしたのだ。その背は大股に遠ざかり、茶店の紅亭の前を過ぎ右手に曲がった。参詣客が街道まで溢れている神明町の通りだ。その町へ堂々と入る同心といえば、鬼頭龍之助しかいない。

けさ夜明けごろだった。奉行所の小者が息せき切って八丁堀の組屋敷へ龍之助を呼びに来た。

「――堀割の浜に土左衛門です。すぐお越しを！」

「――なに！」

龍之助は急いだ。新橋からの街道筋は龍之助の常廻り区域であり、その近辺の浜も範囲となっている。漁師が死体を網に引っかけ、岸に揚げたという。すぐ近くには浜御殿の岸辺がつづいている。

土左衛門は武士だった。顔を見て龍之助は驚いた。松平家の足軽大番頭・久島治五郎ではないか。屋敷内での成敗か、それとも……。

その場で検死した。首筋にある刺し疵《きず》が手裏剣であることは、龍之助にはすぐに分かった。だが死因は、胸から心ノ臓を刺した二つの疵痕《あと》だった。

（――お甲が打ち、左源太が鋭利な得物で刺したか。だが、なぜ二回？）

その疑問に加え、大名家の家士を呼び出し秘かに葬るなど、お甲と左源太の二人だけでできる仕事ではない。

（――ならば大松一家が合力？）

とりあえず奉行所に戻って御留書を認《したた》め、それからすぐ街道を神明町に走ったのだ。

「おっ、旦那。お急ぎで？」

脇から占い信兵衛が声をかけたのへ振り向きもせず、

「おう、御免よ。通してくんねえ」

人混みをかきわけ、石段のほうへ進んだ。割烹の紅亭に向かっている。

「いるかい」

暖簾を頭で分けたのが奉行所の同心とあっては、忙しいなかにもすぐさま女将がすり足で走り出てきて、

「まあまあ、これは鬼頭さま。どなたをお呼びすれば」

「俺が呼べといえば分かるだろう。いつもの面《つら》を全部だ」

龍之助はもう板の間に上がっていた。

「はい。皆さま奥におそろいでございます。それにお客人がお一人」

「皆さま？　それに客人たあ誰でえ」

言いながら大股で奥に進み、襖を勢いよく開けた。

「あっ、兄イ」

「旦那！」

と、一同は一斉に恐縮したような表情になり、胡坐だった者は正座に座り直した。

お甲に左源太、大松の弥五郎に伊三次、それに、

「おっ、おめえ。市ケ谷の」

「へい。捨蔵一家で代貸を務めさせていただいている、留左《とめざ》と申しやす」

顔はあのとき見知っているが、名を聞くのはいまが初めてだった。

「そうかい。市ケ谷のなあ……。ということは、おめえら皆つるんでやがったのかい。さあ、聞かせてもろおうか」

龍之助は大小を腰からはずして両手に持つなり、音を立てて胡坐を組んだ。

「そ、それより兄イ。もうはや、分かったので!?」

「なにを言ってやがる。浜御殿近くの漁師が侍の死体を網に引っかけやがったさ。誰の死体か、言わなくても分かっているなあ。ええ、お甲」

左源太が驚いたように言ったのへ龍之助は返し、お甲を睨みつけた。

「それは鬼頭さま、あっしから」

八幡町の留左が一膝前に乗り出し、

「実は女掏摸二人が、刺し違えてでもおマサとおイトの仇を討ちたいと」

捨蔵一家に助っ人を願い、野辺送りに駈けつけたお甲と左源太がその場で応じ、大松の弥五郎も、

「掏摸とはいえ、健気《けなげ》じゃござんせんか」

と、その気になって策を練った経緯《いきさつ》を話し、

「甲州屋さんがねえ、秘かに左源太どんにお甲さん、伊三次や留左どんたちの落ち合う場を用意してくれましたのさ」

これも龍之助の予想外のことだった。さらに伊三次が実行の模様を説明し、

「女二人は昨夜のうちに江戸を離れさせました。いまごろ、もう武州川越《かわごえ》あたりでござんしょうか」

留左が話した。

お甲は龍之助に内緒の行動をとったせいか、終始うつむき無言だった。

「で、鬼頭さま。お奉行所では、いかように？」

小柄な大松の弥五郎がいっそう身を小さくし、覗《うかが》うように視線を龍之助に向けた。関わった者たちの、最も気になるところである。

「気になるかい」

「そ、そりゃあ、もう」

左源太も身を乗り出した。

「首筋の刺し疵を見て、すぐ誰の仕業か分かったぜ。それが分かっていて俺が探索できるかい。胸の刺し疵があの掏摸どもたあ予想外だったが、命まで掏《す》ったのなら、も

う懲《こ》りて悪さはしめえ。それにホトケは侍だ。浜御殿が目と鼻の先だったから、漁師たちを言いくるめてホトケをちょいと移動してな、御殿の役人に引き渡した。死体はなあ、お城の若年寄扱いってわけよ」

龍之助は、老中が若年寄を差配している柳営の仕組ともども話した。かえって一同に安堵の色が見えた。松平家がすべて闇に処理することは、容易に察せられる。つまり、一件落着である。

話し終え、

「てめえら！」

ふたたび龍之助は一同を見まわした。

「だ、だからよう。同心の旦那が掏摸の仇討ちたあ、似合わねえと思い、……俺たちだけで、つい、なんとか」

左源太が額の汗をぬぐいながら言ったのへ、

「龍之助さまは、お侍さまだし」

お甲が消え入りそうな声でつないだ。

「なに言ってやがる。深川で一緒に葬った左源太の敵《かたき》さ、佐伯宗右衛門も向山俊介も侍だったじゃねえか。俺は怒ってるんじゃねえぜ」

「えっ」

声に出したのは市ケ谷八幡町の留左だった。

一同の視線のなかに、龍之助は言った。

「嬉しいのさ、俺は。よく、やってくれたぜ。俺のやりたかったことをなあ」

「兄イ」

「龍之助さまア」

左源太とお甲の声は同時だった。

「つきましては鬼頭さま」

大松の弥五郎が正座を崩さないまま、あらたまった口調をつくった。

「どうした」

「市ケ谷の、おめえさんの口から言いねえ」

弥五郎は留左に振った。

「へい」

留左は応じ、

「実は、うちの捨蔵が、是非鬼頭さまに一献差し上げたいと。市ケ谷に席を設けますれば」

昨夜、女掏摸二人を連れて市ケ谷に戻り、あらためて江戸所払いにした報告と捨蔵の言葉を伝えるため、きょうふたたび神明町に来たというのだ。

「断わるぜ。俺は奉行所の役人だぜ。その俺が与太どもの饗応を受けられるかい。だがな……」

龍之助の目は空に向けられた。真剣な眼差しだった。

（――血筋を……秘匿せよ）

田沼意次の声がよぎっていた。なにやら、吹っ切れたものがあると同時に、視界の広がったような気にもなった。

「龍之助さま」

お甲が言ったのへ、

「おっ」

龍之助はわれに返り、

「まだダラダラ祭りは何日か残っているだろう。音曲はねえが、祭礼には違《ちげ》えねえからよ。弥五郎、そのあいだに八幡の捨蔵をここへ呼びねえ。だったら俺もたまたま居合わせ、ご相伴《しょうばん》に与《あずか》るぜ。女掏摸の仇討ちに助っ人など、なかなかおもしれえ男のようだ。だがなあ、弥五郎も含めてだ。おめえら町衆に悪戯《わるさ》などするようだと、容赦なく引っ括《くく》るぜ」

「へえ」

大松の弥五郎が応じたのへ、伊三次と留左は顔を見合わせた。代貸同士はもう兄弟分のようになっている。それだけ、龍之助のこれからの動きに、持ち駒が増えたことになろうか。

「酒肴はいかがいたしましょう」

襖の向こうから、女将の声が入ってきた。外はいま、祭りの最中である。

柳営では老中になった松平定信の、宿敵田沼意次とその一派への追い落としは、始まったばかりなのだ。定信はそこに、憎しみに満ちた容赦のない決意を秘めている。田沼意次は、すでにそれを感じ取っているのだろう。

あとがき

江戸時代、掏摸《すり》はけっこう多かったようだ。理由は簡単で、捕まったとき初回なら十両でも二十両でも抜き盗った金額にかかわらず入墨刑《いれずみ》だけで、家に押し入って十両盗《と》れば首が飛んでいた泥棒より割がいい稼業だったからだ。しかも初回といっても捕まったときの回数で、それまでの犯行が百回であっても二百回でも最初に捕まったときが初回となる。それに深夜の盗賊なら同心や岡っ引が探索の手を伸ばしてくるが、掏摸は現行犯でしか捕まらないのだから、やはり分がいい稼業だったようだ。だが、最終的には常習の盗賊扱いにされ、金銭の額にかかわらず死罪となったのはさすが江戸時代の刑罰である。

また、盗っ人は十両で打首になっていたが、すべてがそうだったわけではない。昼と夜とでは異なる。昼間の空き巣狙いなら、二十両、三十両でも〝敲放し《たたきはな》〟になる場合があった。昼間の泥棒は被害者にも油断があり、外出するなら戸締りはちゃんとしておけばいいものを、出来心を誘い盗られるほうも悪いといった発想である。だから昼間の空き巣でも、戸が開いていた場合と閉まっていたときとでは、敲放しでも鞭打つ回数が違った。この発想から、掏摸もふところから財布が見えていたときなど、出来心を誘い、初回は敲放しで済まされることもあった。敲きか入墨かは、同心の現場検証によって決められたことであろう。

さて、本編では女掏摸のおマサ一味が出てくるが、おマサは四十路《よそじ》を超しても入墨のないのが自慢だった。だが捕えられたあと、おマサは同心の龍之助も予想しなかった処断を、依頼者から受けるところとなる。

第一話の「闇の仇討ち」は題名のとおり、左源太の仇討ちである。そこに〝闇の〟とつけ加えなければならなかったのは、仇討ちとは武士にのみ許された特権であり、町人には許されなかったからである。だが、親族が何者かに殺されれば、報復への気持ちは武士も町人も変わりがない。左源太は当初その意気に燃えていたが、江戸での放蕩に当初の思いは薄れる。しかし、敵《かたき》に出会えばふたたび闘志は燃える。だが、なにぶん〝闇の仇討ち〟であれば尋常の勝負はできず、闇走りとならざるを得ない。そこには龍之助やお甲の助太刀はもちろん、大松一家の合力《ごうりき》まで必要となる。敵の向山俊介と佐伯宗右衛門をおびき出すのに、お甲の壺振りが冴えを見せる。場所は川向こうの深川となるが、手段は大名家の体面を重んじる性格を巧みに利用したものであった。しかも敵は、松平家の家士だった。

第二話の「刺客防御」は、田沼意次《おきつぐ》と松平定信《さだのぶ》の政争が背景となる。病床に臥《ふ》す第十代家治《いえはる》将軍の余命は幾許《いくばく》もなく、それによって意次の運命は決まる。さまざまな噂の飛び交うなか、焦った松平家は次席家老・犬垣伝左衛門の策を容《い》れ、田沼家下屋敷に刺客を放つ。このとき鬼頭龍之助は左源太をともない、柳営（幕府）の内情を質《ただ》そうと下屋敷に意次を訪ねていた。また、左源太は兄貴分の龍之助が大名と直接対面することに驚き、それは同時に龍之助が己《おのれ》の出自《しゅつじ》を左源太やお甲に話す機会でもあった。左源太は仰天し、お甲は畏怖するが、龍之助はお甲の気を和らげるのにいつにない手を使い、お甲は龍之助が身近な存在であることを確認するのだった。

第三話の「女掏摸の背後」で、おマサ一味が登場する。それもまた、松平家と田沼家の政争を背景とするものであった。神明町では目前に迫ったダラダラ祭りの準備が心配だった。家治は死去し、田沼意次と松平定信の立場は逆転する。神明宮のダラダラ祭りは音曲なしにおこなわれ、そのなかに松平家はおマサ一味を使嗾《しそう》し、田沼家追い落としの口実を設けようと一計を案じた。〝策〟は龍之助が察知し、左源太、お甲、それに大松一家の合力によって阻止した。だがそれは、おマサに悲劇をもたらすものとなった。ここにふたたび、仇討ちが展開されることとなる。

第四話の「報復の手」とは、仇討ちの手のことである。その手の中に、龍之助はいなかった。左源太とお甲が龍之助に内緒で画策し、しかも大松一家と市ケ谷八幡町の捨蔵一家が助《す》けていた。龍之助が江戸湾の海岸で武士の刺殺体を検死するが、それは松平家の足軽大番頭《おおばんがしら》・久島治五郎であった。この仇討ちの背景もまた、田沼家と松平家の確執が作り出したものだった。一方、田沼意次は鬼頭龍之助を蠣殻町《かきがらちょう》の下屋敷に呼び、「儂《わし》の血筋であること……秘匿せよ」と命じる。それは意次の龍之助に対する、せめてもの温情から出た言葉だった。

このあと老中となった松平定信による過酷な締めつけ政治が始まる。いわゆる〝寛政の改革〟である。定信の魔手が龍之助にも伸び、龍之助はそれを振り払いながら江戸の悪と戦わねばならなくなる。左源太とお甲は一緒に闇に走り、そこへ大松一家と捨蔵一家がどうからみ合ってくるかが向後の展開となる。

平成二十二年　夏

喜安　幸夫

二見時代小説文庫

隠《かく》れ刃《やいば》　はぐれ同心《どうしん》　闇裁《やみさば》き2

著者　喜安幸夫《きやすゆきお》

発行所　株式会社　二見書房
東京都千代田区三崎町二－一八－一一
電話　〇三－三五一五－二三一一［営業］
〇三－三五一五－二三一三［編集］
振替　〇〇一七〇－四－二六三九

印刷　株式会社　堀内印刷所
製本　ナショナル製本協同組合

 ISBN978－4－576－10128－6
http://www.futami.co.jp/

浅黄斑　無茶の勘兵衛日月録　1〜9

武士としてのあるべき姿とは？　越前大野藩の御耳役、無茶勘こと落合勘兵衛の成長と闘いを描く激動と感動の正統派大河教養小説の傑作シリーズ！

井川香四郎　とっくり官兵衛酔夢剣　1〜3

亡妻の忘れ形見とともに仕官先を探す伊予浪人の徳山官兵衛。酒には弱いが悪には滅法強い素浪人の豪剣が、欲をまとった悪を断つ！

江宮隆之　十兵衛非情剣　1

気鋭が満を持して世に問う冒険時代小説の白眉！近江の村全滅に潜む幕府転覆の陰謀。柳生三厳の秘孫・十兵衛は死地を脱すべく秘剣をふるう！

大久保智弘　御庭番宰領　1〜5

公儀隠密の宰領と頼まれ用心棒の二つの顔を持つ無外流の達人鵜飼兵馬。時代小説大賞作家が圧倒的な迫力で権力の悪を描き切った傑作！

風野真知雄　大江戸定年組　1〜7

元同心・旗本・商人と前職こそ違うが、旧友の隠居三人組が、〈隠れ家〈初秋亭〉を根城に江戸市中の厄介事解決に乗り出した。市井小説の傑作！

楠木誠一郎　もぐら弦斎手控帳　1〜3

元幕府隠密の過去を持つ長屋の手習い師匠・弦斎はふたたび巨大な悪に立ち向かう。歴史ミステリーの俊英が鮮烈な着想で放つシリーズ！

武田櫂太郎　五城組裏三家秘帖　1〜3

伊達家仙台藩に巻き起こる危機に藩士・影山流抜刀術の達人望月彦四郎が立ち向かう。〝豊かな物語性〟で描く白熱の力作長編シリーズ！

早見俊　目安番こって牛征史郎　1〜5

六尺三十貫の巨躯に優しい目の心優しき旗本次男坊。目安番・花輪征史郎の胸のすくような大活躍！　無外流免許皆伝の豪剣が謀略を断つ！

早見俊　居眠り同心 影御用　1〜2

凄腕の筆頭同心がひょんなことで閑職に――。暇で暇で死にそうな日々にさる大名家の江戸留守居から極秘の影御用が舞い込んだ。新シリーズ

花家《はなや》圭太郎　口入れ屋 人道楽帖《ひとどうらくちょう》　1〜2

行き倒れた浪人が口入れ屋に拾われ、生きるため慣れぬ仕事に精を出すが…。口入れ稼業の要諦は人を見抜く眼力。名手が贈る感涙シリーズ

幡 大介 天下御免の信十郎 1~6

雄大な構想、痛快無比！ 名門出の素浪人剣士・波芝信十郎が、全国各地、江戸を股にかけ、林崎神明夢想流の豪剣で天下を揺るがす策謀を斬る！

幡 大介 大江戸三男 事件帖 1

欣吾と伝次郎と三太郎、餓鬼の頃から互いに助け合ってきた三人の若き義兄弟が、「は組」の娘、お栄とともに旧知の老与力を救うべく立ち上がる！

藤井邦夫 柳橋の弥平次捕物噺 1~5

陽光燦めく神田川を吹き抜ける粋な風！ 南町奉行所与力の秋山久蔵と北町奉行所同心白縫半兵衛の御用を務める柳橋の弥平次の人情裁き！

松乃 藍 つなぎの時蔵覚書 1~4

元武州秋津藩藩士で、いまは名を改め江戸にて貸本屋笛吹堂を商う時蔵。捨てざるを得なかった故郷の風はときに狂風を運ぶ！

牧 秀彦 毘沙《びしゃ》侍 降魔剣《ごうまけん》 1~4

御上の裁けぬ悪に泣く人々の願いを受け、悪人退治を請け負う浪人集団〝兜跋組〟が邪滅の豪剣を振るう！ 荒々しくも胸のすく男のロマン！

森 真沙子 日本橋物語 1~7

間口一間金千両の日本橋で店を張る美人女将・お瑛が、優しいが故に見舞われる哀切の事件。文壇実力派の女流が描く人情とサスペンス

森 詠 忘れ草秘剣帖 1~4

開港前夜の横浜村に瀕死の若侍がたどり着いた。記憶を失った彼の過去にからむ不穏な事件、迫りくる謎の刺客とは……大河時代小説！

吉田雄亮 新宿武士道 1

宿場を「城」に見立てる七人のサムライたち！ 内藤新宿の治安を守るべく微禄に甘んじていた伊賀百人組の手練たちが「仕切衆」となって悪を討つ